著 進行諸島
Ill. 柴乃櫂人
7
異世界賢者の転生無双
～ゲームの知識で異世界最強～

「ブリザード・トルネード」
超遅延詠唱によって
極限強化された
魔力を受け――

絶対防御を誇った
火山の化身が
崩壊してゆく――!!

「賢者エルド、覚醒を求める」

天啓の石から噴出した炎が
エルドを究極の
「スキル覚醒」へと
導く――!

CONTENTS

The Invincible Sage in the second world.

The Invincible Sage in the second world.

異世界賢者の転生無双

［～ゲームの知識で異世界最強～］

著 進行諸島
Ill. 柴乃櫂人

7

第一章

01

The Invincible Sage in the second world.

枢機卿(すうききょう)との戦いから1年後。

エンペラー・オーガを倒し、いよいよスキル覚醒(かくせい)のためライジス活火山へ向かうことを決めた俺(おれ)にもたらされたのは、ライジスが他国に侵略されたという話だった。

しかもライジス――ライジス活火山から最も近い場所にある街は、たった一人の手によって制圧されたという。

タイミングといい制圧の方法といい、明らかに普通の軍ではない。

そんな報告を聞いて、俺はメイギス伯爵のもとへと向かった。

◇

「ライジスの件、聞いたか？」

「もちろん聞いている。明らかに、通常の軍による侵略ではなさそうだが……私達はどうすればいいと思う?」

ライジス自体は、俺達が住むメイギス伯爵領からかなり離れた土地だ。
侵攻の規模もまだ街を1つ落とされた程度で、国同士の総力戦といった雰囲気ではない。
同じ国とはいえ……これから戦線が拡大しない限り、メイギス伯爵領にはあまり関係がないともいえる。

「普通はどうするんだ?」

「あの位置での戦争なら、我々が手を出す場面ではないな。国から援軍の要請がない限りは、何もしなくていいはずだ」

「なるほど。……しかし放っておくと、手遅れになる可能性が高いぞ」

「やはり、伯爵軍も動かすべきか?」

報告の内容を聞いた限り、ライジスを侵略した連中は、この国の兵士の手に負えるような連中ではない。

特殊職を中心に、スキルを最大限に利用して戦う訓練を積んでいるメイギス伯爵軍なら、対抗することはできるだろうが……それでも簡単にとはいかないだろう。

ただ剣や槍を持って突撃したところで、無駄死に以外の結果は得られないはずだ。

『戦いは数だ』という話があるが、それは個々の実力がある程度拮抗している場合の話だ。

重機関銃を構えた兵士1人に、ナイフを持った兵士が100人で挑もうと、勝つのは前者で間違いはないだろう。


相手がたとえ少人数でも……いや少人数だからこそ、スキルを使った戦闘に慣れていない者は無駄死にするだけになる。

それこそ敵1人を殺すために何百人何千人と犠牲にするつもりなら、魔力切れ狙いという手もなくはないが、相手が移動系のスキルで逃走に成功でもすれば、また最初からということになる。


王国軍がザイエル帝国にまったく歯が立たないとなると、戦況はどんどん悪化していくことになる。

いくら遠くの領地だとはいっても、そのうち伯爵領にも敵の手は伸びるだろう。

その時に戦うのに比べたら、今のうちに戦っておいたほうがいいという話もある。

流石のマキシア商会でも、物流網が通っている国自体がボロボロになってしまったら、十分な力は発揮できないだろうし。

また俺自身の都合としては、ライジスを帝国に持っていかれてしまうのはとても困る。

ライジス活火山はこの国でほぼ唯一とも言っていい、スキル覚醒に使える場所なのだ。

国がライジスを放棄するとしても、俺自身のために奪還したいくらいだ。

まあ、国にも領地にも関係のない話だとしたら、流石に伯爵軍を動かすわけにはいかないが。

今回に関しては領地にも関係のあることなので……使えるなら使いたいところだな。

「できれば伯爵軍も動かしたいが……他領に勝手に兵を出すのって、大丈夫なのか？」

「別に禁じられているわけではないな。……頼まれてもないのに自腹で援軍を出す貴族などいないから、禁止する意味もない」

ふむ……禁止はされていないのか。

となれば兵を出すこと自体はできそうだが、あまり大人数となるとそれはそれで、伯爵領の守りが弱くなってしまうな。

普段は部隊の一部を訓練に回しているが、全部隊を任務だけに専念してもらうようにすれば、結構な人数を動かせるような気もするが……そもそも人数がいればいいという状況でもない。

むしろ人数がいれば何とかなるような部分に関しては、それこそ現地の貴族などに任せるべきだろう。

となると……。

「とりあえず、20人ほどの部隊で行こうと思う」

「分かった。人選はどうする?」

「伯爵軍第一部隊から、依頼に向いてそうな奴らを選抜する。戦闘力というよりは、補助に向いた奴らがいいな」


第一部隊というのは、ゲオルギス枢機卿との戦いの時に作られた軍のことだ。

元々は普通の農民だったような者も多いため、戦いの後でもとの職業に戻った者も多いのだが……一部は伯爵軍に残り、訓練を続けている。


まだ兵士としての歴は長くないが、スキルを有効活用する戦い方の訓練を積んでいるため、実戦における戦力という意味ではこの国でもトップクラスの部隊だろう。

1年前ですら、精鋭が揃(そろ)っていたゲオルギス枢機卿軍を、たった10分の1の人数で圧倒したという実績もある。


その上第一部隊には、いつでも……それこそ戦争が起こった後であろうとも、治癒薬製造所に転職する道が用意されている。

伯爵軍をやめたくなった者は言われるまでもなくそちらに行くため、残っている者は士気が高いのだ。

今回のような特殊任務に連れて行くには、まさにうってつけの部隊と言えるだろう。

「分かった。物資はどうする？　一応戦争に備えて、全部隊が3ヶ月戦えるだけの食料と矢は用意している。20人となると、馬車は5台ほどでいいか？」

物資か。

確かに戦争において、物資の用意というのは最重要な課題だと言ってもいい。

どのくらいの長さの戦いになるか分からない以上、普通は大量に持っていくべきだろうが……。

「いや、馬車はやめておこう。食料は速度を落とさず移動できる分だけでいい。魔法収納もあるしな」

「……魔法収納は緊急用に回したほうがいいんじゃないか？　最初から魔法収納の中身を消費してしまうとなると、戦いが長引いた時に困るだろう」

「ああ。だから基本的には持っていける分と、残りは現地調達だな」

魔法収納には大量の物資が入るが、その量は有限だ。

補給ができない状況の時にだけ使って、補給ができる時には温存……というか収納魔法の中身も補充して、収納魔法の中身は常に満タン近くまで残すというのが望ましいだろう。

戦いがどれだけ長引くか、いつ補給物資が手に入るかなど、戦闘が激化すれば分からなくなってしまうのだから。

とはいえ、こっちには補給のプロがいる。

「ミーナ、後方支援は任せて大丈夫だよな？」

「国内の物流網が生きてる限り、その100倍の規模の部隊でも支えてみせるわ。……ウチの戦闘部隊は大きめの貴族軍の補給部隊とそんなに変わらないから、エルドがいなきゃいけないような前線まで運ぶのは難しいかもしれないけど」

頼もしい言葉だな。

ミーナは前線まで運べないのが申しわけない……といった顔をしているが、そもそも普通の商会には戦闘部隊なんてないだろう。

しかも補給部隊だけとはいえ、大きめの貴族軍レベルとは……。

「戦場の近くの街まで運んでくれれば十分だ。そこから先は、伯爵軍で運ぶ」

「それなら任せて。請求書は王宮に送るから、心配しないでどんどん使っていいわよ。……いっつも税金をとられてばっかりなんだから、たまには取り返さなきゃ」

……冗談を言っているのか本気なのか、分かりにくい発言だな……。

普通の商人なら100%冗談で済ませられるのだが、マキシア商会は国家レベルの大商会だ。本気で言っている可能性も……30%くらいはありそうなのが怖い。

「王宮に請求書は、流石に冗談だよな……?」

「え、本気よ? 国を守るためにエルド達が戦うなら、消耗品代くらい国が持ってくれていいじゃない」

どうやら30%のほうが当たってしまったようだ。

別に国から戦えと言われたわけじゃないのに、勝手に出ていって請求書を送りつける……。

なんだか戦力の押し売りみたいな感じだが、国相手にそんなことができるのだろうか。

「一応言っておくが、別に俺達は王国からの要請で戦いに行くわけじゃないからな……？」

「もちろん知ってるわ。まあ、事後承諾でなんとかするわ。交渉の腕の見せどころね」

「……国家予算って、そんな簡単に動かせるものなのか？」

「普通は無理ね。……でも戦争っていうのは、放っておけば万単位の人が死んで、王国の領地が削れる……下手(へた)すれば国ごとなくなるような緊急事態よ。功績次第では、そのくらいの無茶は簡単に通るわ」

……確かに、緊急事態ではあるが……そんな無茶が通ってしまうのか。

まあ、無理なら無理で普通に払えばいいだけなので、特に問題はない。

メイギス伯爵領は治癒薬の独占販売によって多額の利益(りえき)を上げているにもかかわらず、大した無駄遣いもしていないため、財政はとても健全なのだ。

「予算が通るかどうかはエルド達の戦果次第だけどね。つまり、大丈夫ってことよ」

どうやら根拠のない自信を、勝手に持たれているようだった。

俺自身の目的は、どちらかというと戦争よりスキル覚醒のほうなのだが……まあいいか。

必要なものさえ供給してくれるなら、何も問題はない。

「まあ、費用の話は終わった後でやろう。まずは部隊の編成からだな」

こうして俺達は、ライジスへと向かうことになった。

◇

翌日。

俺は選抜した部隊とともに、伯爵邸の前に集まっていた。

集まっているメンバーは、軍のようには見えない。

装備はバラバラで、なんの共通点もないと言っていい。

馬もいなければ兵糧も軍旗もない、個々の能力を重視した集まり……要するに、大きめの冒険者パーティーのようなものだ。


これは別に、選抜部隊だからというわけではない。

伯爵軍第一部隊は元々、本気で戦う時にはこのスタイルだ。

ただ単に、これが一番強いからな。


馬がいないのも、移動速度を考えてのことだ。

確かに馬は人間よりも速いが、長距離を速く移動するようにつくられた体ではない。

長距離移動であれば、訓練された冒険者のほうが速いのだ。

まあ、今回の部隊に関しては特に、移動能力と隠密(おんみつ)能力を重視して選んでいるのだが。


「じゃあ、出発するぞ！」

「「「はい！」」」

そう言って俺達は、伯爵領を出発した。
移動経路は通常のルートではなく、多少危険なエリアも突っ切る最短ルート。
ライジスまで通常5日かかるところを、たった2日で済ませる強行軍だ。
ただ、この部隊としては余裕のあるスケジュールだな。
無理をして行くつもりなら、あと半日は短縮できる。

「通信網の届く範囲に入りました」
伯爵領を出発してから数時間が経った頃、部隊の一人——精霊弓師のサチリスがそう告げた。
精霊弓師は弓使い系の職業だが、戦闘以外にも精霊や風の力を使った、通信や情報収集のスキルに秀でている。
サチリスは戦闘よりどちらかというと、そういった補助や通信関連のスキルを重点的に、訓練している。

流石に何十キロもの長距離で通信ができるわけではないが、数キロくらいなら届くというわけだ。

その力を生かして彼女は、マキシア商会と連絡をとっている。

マキシア商会は国中の主要都市にまたがる通信網を持っているため、その通信網のどこかしらとつながれば、全国からの情報を集められるというわけだ。

今はその通信網を使って、移動経路の状況やライジスの戦況についての情報を集めてもらっていた。

「移動ルートの状況はどうだ？」

「事前の報告から、変化はありません。ミリエルの森も新たな情報はないみたいですが……どうしますか？」

「ミリエルの森か……」

ミリエルの森。

特に危険地帯などと言われているわけではないが、周囲に街がないのでほとんど人が入らず、あまり状況が分からない場所でもある。

最近ここに入った冒険者が行方不明になっているケースが何件かあるらしく、注意の必要な場所として挙げられていた。

こういった危険地帯……とまでは言えない、情報の少ない場所は移動ルートの中にいくつか存在する。

できるだけ安全なルートを通るようにはしているが……メイギス伯爵と関係のよくない貴族領を通って移動するのは難しいので、回避ができない場所もいくつかあるのだ。

簡単な迂回ルートがあれば、そっちを通りたいのだが……。

「ミリエルの森を迂回すると、どんなルートになる？」

「このあたりはゲオルギス枢機卿の勢力が強かった地域なので、私達に恨みを持っている貴族が多いと思います……。ミリエルの森なら貴族達にも見つからないんですけど……」

「なら、ミリエルの森のほうがよさそうだな。人間よりは魔物のほうが面倒がない」

「私もそう思います。政治の話は、メイギス伯爵におまかせしましょう」

事前情報で、ミリエルの森がレイドボスの出現場所ではないことが分かっている。

ということは、何かいるにしてもエリアボス……そこまで危険度は高くない。

倒せばそれで終わりなぶんだけ、貴族絡みで面倒なことになるのに比べればずっとマシだろう。

「じゃあ、予定通りのルートで行くぞ」

「分かりました。……そろそろ通信網が届かなくなるので、決まったルートだけ報告しておきますね」

「頼んだ」

そう言って俺達は、ミリエルの森のほうへと進んでいく。

もちろん、無警戒というわけではない。

「マジック・サーチ」

俺は少し進むごとに探知魔法を使い、周囲に強力な魔物がいないかどうかを確認していく。
他にも『サーチ・エネミー』など、索敵に使えるスキルを持っている者達は、全員周囲をあたる形だ。
軍というよりは冒険者パーティーのやり方だが、魔物相手にはちょうどいいだろう。

「アイス・ピラー」

俺は目の前に顔を出した魔物に、氷魔法を打ち込んだ。
同クラスの炎魔法に比べると威力では若干劣るが、延焼が起きない魔法なので、移動しながら使うには便利だ。
山火事などの危険を考えると、炎魔法はどうしても足を止めて後処理をすることになりがちだからな。

「ピギュッ！」

人間より一回り大きい猪の魔物は、何が起こったか理解するまでもなく絶命した。
どうやら、氷魔法の威力で十分だったようだ。
まあ、別に死ななくても無力化できれば、移動には問題がないのだが。

「今のところ、大した魔物はいませんね」

「ああ。数はそこそこ多いが……領地で見る魔物とそんなに変わらないな。別に有名な危険地帯ってわけじゃないから、ボスさえいなければこんなものだろう」

今のところミリエルの森は、俺達に1本の矢すら消費させていなかった。
矢などの消耗品はもったいないため、魔力だけあれば使える魔法だけで解決している状況だ。
その魔力にしても、移動しながら回復する分だけで足りている……要するに、普通に街道を移動しているのと似たようなものだ。

「この調子で進めばいいんですけどね」

「ああ。普段ならエリアボスはいい獲物だが、あまり時間を食うのも考えものだ」

この調子で進んでくれればありがたいし、実際そうなる可能性が高い。

冒険者の行方不明とはいっても、普通に遭難したり弱い魔物相手で油断したりというケースは珍しくないのだ。

特にこの森は普段人が立ち入っていないというだけあって、道がとても分かりにくい。

いくつかのスキルで方角や現在位置を確認しなければ、俺達だって迷ってもおかしくないくらいだ。

ミリエルの森の近くには街も街道もないため、適当に歩いていれば人のいる場所に辿り着ける……ということもないしな。

などと思案しつつ『マジック・サーチ』を使うと、遠くに見慣れない魔力反応があるのが分かった。

魔力反応の質がどうとかいう話ではなく、単純に大きい。

「エルドさん、数キロ先に大型の魔物がいるみたいです」

俺が魔力反応の主について考えていると、サチリスがそう告げた。

どうやら気付いたのは俺だけではなかったようだ。

この距離でも見つけられるとなると、エリアボスの中でもかなり高位の魔物だな。

領地を出る前に倒した『エンペラー・オーガ』と同格か、下手をするとそれよりも上だろう。

「……行方不明になった冒険者達は、道に迷ったわけじゃなさそうだな」

「そうみたいですね。……どうしますか？　大回りして迂回すれば、回避できそうですが」

「簡単に回避できるならいいんだが……これ、多分気付かれてるぞ」

人間は『マジック・サーチ』などのスキルによって周囲の生物を探すことができるが、こういった力は人間だけが持つものではない。

むしろ感覚器官などの性能でいえば、野生で生きている魔物達のほうがよほど優秀だ。

特に、エリアボスともなると、その縄張りは広大だ。

俺達がいる場所はすでに、あの魔物の縄張りの中なのだろう。

そして一部の魔物は、縄張りに異物が侵入すれば、すぐさまその違和感に気付く。

こういった人里離れた森で、人間という生物は派手に目立つことだろう。

「今のところ、向かってくる様子はなさそうですが……気付かれてるんでしょうか？」

「サチリスが探知できてるのが、何よりの証拠だ。使ってる索敵スキルは『サーチ・エネミー』だよな？」

「言われてみれば……」

サーチ・エネミー。

サチリスが持つ、優秀な索敵スキルの一つだ。

スキルで指定した対象――主に自分やパーティーメンバーに対して敵意を抱いている者を見つけ出すスキルだ。

見た目では分からないスパイなどでも簡単に見つけられる代わりに、敵意のない相手——例えば『誰(だれ)でもいいから殺したい』などと考えながら歩いている通り魔などには反応しない、便利なんだか不便なんだか分かりにくいスキルでもある。

このスキルは魔物相手の場合、相手が自分の存在に気付いて初めて発動する。
つまりサチリスが探知に成功している時点で、エリアボスに気付かれているのは確定なのだ。

「まあ、ただ通るだけなら見逃してくれる可能性もあるな。別にエリアボスだって、縄張りに入り込んだ奴を皆殺しにしているわけじゃない」

そう言って俺は、進路を斜めに変えた。
エリアボスに近付くでも遠ざかるでもなく、距離を維持しながら迂回するルートだ。
露骨に逃げると逆に追ってくる場合もあるので、こういうコースが敵を一番刺激しない。
だが……。

「追いかけてきてますね」

「行方不明者が多いって話で、なんとなく予想はついていたが……やっぱり人間は見逃してもらえないみたいだな」

ただエリアボスがそこにいるというだけで、行方不明者がそこまで増えることはない。

基本的に、人間とエリアボスが『偶然』出会う確率はそう高くないからだ。

特記事項として報告されるような数の行方不明者がエリアボスによるものだとしたら、そいつが人を狙って襲う性質を持っている可能性は低くなかっただろう。

まして20人もの人間がまとまって移動している時点で、狙われない道理はない。

「左斜め前からくるぞ！　対魔物戦闘態勢をとれ！」

「「「了解！」」」

指示を聞いてすぐに全員は移動し、戦闘用の態勢をとった。

俺を先頭として散開し、集中攻撃を仕掛けるような陣形だ。

今回のパーティーは主に対人での戦いを想定してメンバーを集めたため、前衛らしい前衛がいない。

ミーリアがいれば前衛を頼めたのだが、彼女は伯爵軍所属ではないからな。

今も連絡はとりあっているものの、今回の遠征には不参加だ。


伯爵軍にも前衛系職業は大勢いるが、残念ながらミーリアほどの強力な前衛となると、まだ育っていない。

技術面ではミーリアより上手な者は何人かいるのだが、単純な力や素早さの面での差が大きいため、特に対魔物での戦闘では差が大きいのだ。

今回のようにエンペラー・オーガ級の魔物が相手となると、伯爵軍第一部隊全軍でも時間稼ぎが精一杯……敵を倒す前提での前衛を務められる者は、残念ながらいない。


ということで、一応は前衛の役目も果たせる俺が前衛をやることになるのだ。

まあ、俺は俺で正攻法の前衛というよりは、『攻撃は最大の防御』とばかりに高威力魔法を撃ち込んで制圧するのが普段の戦闘スタイルだ。

今回もそれが通じるといいのだが……。

「敵の姿、視認できました！　宝石の塊みたいな魔物です！」

視覚に優れる特殊職『密偵術師』が、そう告げた。

エンペラー・オーガを超える魔力反応で宝石の塊……何種類か思い浮かぶが、ほとんどは『スチーム・エクスプロージョン』２発で倒しきれるような魔物だな。

一種類だけ厄介な相手がいるが、そいつ以外なら秒殺できるだろう。

「宝石の塊以外に、特徴は何かあるか？」

「ドラゴン……いえ、大トカゲみたいな姿をしています。翼のないドラゴンというか……」

「……宝玉の地竜か。面倒な相手だな」

どうやら厄介なパターンのようだった。

今回の敵『宝玉の地竜』は、宝石系エリアボスの中で……いや、全エリアボスの中でも最も頑丈な部類に入る魔物だ。

耐久力という意味では、ほとんどレイドボス級と言ってもいい。


体力が高いというよりも、単純に硬いのだ。

とにかく、ダメージが通らない。

全身を覆(おお)う宝石の鎧(よろい)が、物理攻撃のみならず炎や冷気、毒などの特殊な攻撃さえ弾(はじ)き返(かえ)すのだ。


かといって、別に防御だけに特化した『ただ頑丈な敵』というわけでもない。

『宝玉の地竜』は普通のドラゴンのように炎を吐かないし、空を飛ぶこともない。

代わりにあるのは、主食となる岩を噛(か)み砕(くだ)くための頑丈な顎(あご)と、その巨体にふさわしい圧倒的な力だ。


この魔物相手に、盾や鎧は意味をなさない。

盾や鎧などというものは所詮(しょせん)、ただの金属の塊——いや『宝玉の地竜』にとっては塊とすら呼べない、ごく薄い金属の板だ。

金属よりも硬い岩を主食とする相手に、たかが数ミリから数センチの金属で何が守れるというのか。

鎧でさえ意味がないのだから、あの竜にとって人間の肉や骨などは豆腐と大して変わりがない。

その顎に挟まれたが最後、抵抗する間もなく真っ二つだ。

剣によるクリティカルカウンターも、武器ごと食いちぎられてしまえば意味はない。

ひたすら頑丈で、ひたすら力強い。

特殊な能力を持たないからこそ隙もない……まさに力技を極めた、戦車のような魔物だ。

純粋に『魔物の格』という面で見ると、昔倒したレイドボス——壊天の雷龍のほうがずっと上だ。

だが壊天の雷龍には攻撃されるまで人間を敵として認識せず、最初の一撃ならいくら隙の大きい攻撃でも当てられるという弱点があった。

だからこそ、当時の俺でも勝てたというわけだ。

この宝玉の地竜には、そういった分かりやすい弱点がない。

雷や炎による派手な全体攻撃よりも、自分をしっかり狙ってくる単体物理攻撃のほうが対応は難しいのだ。

力の弱さを技術でカバーする人間にとっては、最も厄介な相手と言ってもいいだろう。

「何があっても敵には近付かないでくれ！　防御魔法が通じると思うな！」

「りょ……了解！」

俺の口調からただならぬ状況を感じ取ったのか、部隊のメンバー達の表情が変わった。

そんな様子を見ながら俺は、戦闘の準備を始める。

「放水」

俺は目の前の地面に魔法で水をばらまき、土を濡らしていく。

防御魔法やカウンターが効かない以上、他の手段で足止めするほかない。

今の俺にとっても『宝玉の地竜』は、正面からぶつかり合って勝てる相手ではないのだ。

「水系の魔法を使える奴は、同じように水を撒いてくれ！」

「「了解！」」

普段なら足止めには『スティッキー・ボム』を使うのだが、『宝玉の地竜』が相手では残念ながら使えない。

スティッキー・ボム自体はともかく、それを支える地面が敵の力に耐えきれないのだ。

いくら強力な粘着力があろうとも、地面ごと引き剥がされてしまっては意味がない。

宝玉の地竜に弱点があるとしたら、全身を覆う宝石の重さだろう。

その巨体を支え、素早く動くだけの力を持っていても、結局は地面を蹴って移動するしかない。

だから地面に縛り付けるのではなく、逆に沈めようというわけだ。

「グオオオォォォォォ！」

森の奥から、『宝玉の地竜』の咆哮が聞こえてきた。
数キロもの距離があったはずだが……今はかなり近く聞こえる。

「空に気をつけてくれ！　流れ弾が当たるぞ！」

「流れ弾……敵は遠距離攻撃を使うんですか？」

「いや、弾き飛ばされた木や石だ！」

そう話している途中で——遠くから、1本の木が飛んできた。
木の枝などではない。幹のど真ん中から折れた広葉樹——重さにして数トンはあろうかという木が、まるで小石か何かのように飛んできたのだ。

慌てて逃げた弓使いがさっきまでいた場所に、その木は突き刺さった。
別にこれは、『宝玉の地竜』の攻撃ではない。
ただ移動の途中で、そこにあった木を撥ね飛ばしただけだ。

だが、あれが人間に当たったとしたら……当然、致命的な結果をもたらしただろう。

鋭利なナイフは盾で防げるが、暴走するトラックを相手に盾は意味をなさない。

単純な力や速さというのは、それだけで強力な凶器なのだ。


「来たぞ！」


そして、ついに敵が姿を現した。

大量の木や石を撥ね飛ばしながら、キラキラと光る宝石の塊が猛然と近付く。

遠目にはただの宝の山にしか見えないが、それが高速でこちらに迫っているとなれば、宝石の結晶も鋭利な槍のように見えてくる。


「放水を続けてくれ！」


俺達の目の前にある地面は、すでに泥沼のような有様になっていた。

だが『宝玉の地竜』は、それを避けようとはしない。

というか『避ける』という概念自体、こいつには存在しないだろう。

……避ける必要のあるものを見た経験など、恐らくはないのだから。

「ゴアアアアアアアァァ！」


ただ真っ直ぐに突撃してきた宝玉の地竜が、俺達の目の前で勢いを落とした。

その体は、大量の水でぬかるんだ地面に沈んでいる。

どうやら作戦の第一段階は成功のようだ。


「炎魔法、放て！　――フレイム・サークル！」

「炎のオーラ！」

「フレイム・ウォール！」


俺の指示とともに、炎系魔法の総攻撃が『宝玉の地竜』に襲いかかる。

降り注いだ魔法に体表を焼かれても、竜は声一つ上げなかった。

恐らく、何も感じてはいないのだろう。

宝石というものは基本的に、高い耐熱性を持つ――というか生物と無機物では、そもそも耐熱性を比べるほうが間違っている。

だが完全に弾かれてしまわないだけ、斬撃などよりはマシというものだろう。

敵に痛みを与えるには及ばない威力でも、確実に体表の温度は上がるのだから。

「効いていないように見えても、攻撃を続けるんだ！」

俺はそう指示を出しながら、撃てる限りの炎魔法を撃つ。

相変わらず反応はないが、それでも撃ち続ける。

宝石の鎧には導電性もないし、水や酸なども効果がない。

どの攻撃も効果を上げるのは難しいが、その中では一番効くからだ。

しかし……『宝玉の地竜』だって、黙って攻撃を受けているわけではない。

そもそも、別に拘束魔法などで縛り付けられているわけではなく、泥の中に沈んでいるだけなのだ。

こうなることを見越して、できるだけ地面のゆるい選んだ場所を選んだつもりだが……それにしても限界はある。

「グオオオォォォォォォオ！」

竜が咆哮を上げると、その体が浮き上がり始めた。

脚は完全に地面に埋まっているが……長い尻尾の先端の巨大な水晶が、硬い地面を捉えていた。

そして『宝玉の地竜』がひときわ大きい叫び声を上げると同時に地面が砕け――。

「跳んだ⁉」

地面を砕く轟音とともに、『宝玉の地竜』が宙を舞った。

竜はその力によって、尻尾１本で体を跳ね上げてみせたのだ。

そのまま竜は横へと跳び、まだ硬い地面へと飛び移る。

――これを待っていた。

「スチーム・エクスプロージョン」

俺は今の総攻撃で唯一使っていなかった攻撃魔法を放った。

目標は『宝玉の地竜』が、今まさに着地しようとしていた地面だ。

そして――竜が着地するのとほぼ同時に、魔法が発動した。

着地の音とは違う轟音が響き、地面が揺れる。

爆発(ばくはつ)などの範囲魔法は普通だと威力が広範囲に拡散するため、その攻撃力が魔物単体に集中することはあまりない。

しかし地面と竜の体に挟み込まれるようにして行き場を失った魔法の圧力は、その威力のほとんどを竜の体に集中させた。

「グゴオオオアァァァァ！」

『宝玉の地竜』が初めて苦しげな叫び声を上げ、その体から宝石が飛び散った。

その体は魔法の威力によって浮き上がり、斜めに傾いている。

いくら頑丈な『宝玉の地竜』でも、スチーム・エクスプロージョンをあんな形で食らえば痛かったらしい。

ならば、もう1発だ。

「デュアル・キャスト」

——デュアル・キャスト。

直前に使った魔法を再発動させる魔法が、先ほどの『スチーム・エクスプロージョン』を再現する。

甲高い爆発音とともに、炎が竜を吹き飛ばした。

今度は地面による威力集中は起きていないが、『宝玉の地竜』の体勢は先ほどよりもずっと不安定なものとなっている。

そして、傾いていた竜の体は、仰向け（あおむ）けに転がることとなった。

竜が転がった先は、先ほどまでいたのと同じ場所——つまり、竜が沈んでいた泥沼の中だ。

だが今度は仰向けの、先ほどにもまして不安定な姿勢。

先ほどは尻尾を使って抜け出していたが、生物の体というものはそもそも、仰向けの状態で力を発揮するようにはできていない。

まして背中から泥沼に沈んでいる最中ともなれば尚更だ。

力の強い竜とは言っても、こうなれば抜け出すのは容易ではない。

「グァッ！　ゴグアアアアァァ！」

『宝玉の地竜』は尻尾や手足を滅茶苦茶に振り回すが、姿勢を立て直すには至らない。

それどころか暴れれば暴れるほど、竜の体は泥沼の中に沈み込んでいった。

いくら力が強くとも、その力を受け止める足場がなくては意味は薄いのだ。

とはいえ……この状況も、そう長くは続かないだろう。

今のうちに勝負をつける必要がある。

「フレイム、ピラー！　……総攻撃を継続しろ！」

泥沼に体を取られた『宝玉の地竜』に、大量の炎魔法が降り注ぐ。

しかし2発の『スチーム・エクスプロージョン』を含む、無数の攻撃を食らってなお、『宝玉の地竜』の動きは鈍らなかった。

まるでダメージなどないかのように、竜は仰向けのまま暴れまわる。


今度抜け出されれば、もう次の手はない。

60秒が経過すれば『スチーム・エクスプロージョン』は再使用可能になるが、もう竜のほうも先ほど簡単に泥沼に押し戻されてはくれないだろう。

まともな戦いになれば、単純な力の差でこちらが不利だ。


「フレイム・サークル！」

「ファイア・アロー！」

「炎の浄化！」

「ファイア・ボム！」


俺達は炎魔法を連発し、竜は尻尾をばたつかせる。

そんな状況の中――竜の尻尾の動く範囲が、徐々に周囲の木に近いていた。
狙ってのことかは分からないが、竜の体が少しずつ木の生えた場所に向かって動いていたのだ。

「エルドさん、木が！」

「構わず攻撃に集中してくれ！」

部隊の弓使いが俺に事態を伝えるが、俺は攻撃の継続を命令した。
木を１本倒すくらいは簡単だが、それでは問題は解決しない。
戦闘場所はできる限り足場になるようなものが少ないように選んだが、少し移動すれば尻尾の引っかかる場所などいくらでもあるのだから。

かといって、押し返したり引き戻したりできるようなものでもない。
スチーム・エクスプロージョン２発でようやく引っくり返せるほどの巨体を動かすためには、それこそドラゴンに匹敵（ひってき）する怪力が必要だ。
攻撃を続ける以外、勝利の道はない。

（相変わらず、戦いにくい魔物だな……）


ダメージなどないかのように暴れ続ける竜を見ながら、俺は心の中でそう呟く。

無数にいるエリアボスの中で、最も厄介な敵のうちの一つだと言ってもいいだろう。

これだけの攻撃を受けて、体表の宝石が少し剝がれる程度の影響しか見えないようなエリアボスなど、他にはいない。


そして、数十秒後――『宝玉の地竜』の尻尾が、1本の木に届いた。

木はミシミシと音を立て、斜めに傾いていくが――それと同時に竜の巨体も、泥沼を抜け出すように動いていく。

突進なら簡単に吹き飛ばされるような木も、竜の体を動かす足場代わりにはなるのだ。


――そして竜の体が、ついに泥沼を抜け出す。

先ほどのような跳躍ではなく、地面に体を擦り付けるような形で起き上がる竜に、『スチーム・エクスプロージョン』で体勢を崩せるような隙はない。

「フレイム・サークル！」

「炎の壁よ！」

「ファイア・ブラスト！」


立ち上がった敵に、なおも俺達は攻撃を続ける。

だが、そんな俺達の目の前で――『宝玉の地竜』が、地面を蹴った。

そして脚を1歩進めた竜は、突如叫び声を上げた。


「ゴアアアァァァァ！　ギエアアアアアァァァ！」


先ほどはまったく質の違う……甲高い、痛みに苦しむような声。

それと同時に『宝玉の地竜』の脚が動きを止めた。


(……間に合ったか)


今このタイミングでようやく、炎魔法が効果を表し始めたのだ。

もう少し早くカタがついてくれると、心臓に優しかったのだが……まあ、間に合っただけよしとするか。

「もう少しだ！　撃てる限りの炎魔法を！」

そう宣言しながら俺も、次々と魔法を放っていく。

『宝玉の地竜』は抵抗できないまま、先ほどまでの化け物ぶりが嘘のように弱っていった。

分厚い宝玉の甲殻のせいで無敵の化け物のように見えてしまう『宝玉の地竜』だが、その中身――甲殻に包まれた竜の本体は、ただひたすら力が強いだけの、生身の体だ。

むしろ甲殻に包まれているぶん、耐久性を犠牲に怪力を実現できる……今までこの竜が振り回していた力は、そのおかげと言っていい。

甲殻で守られる前提の筋肉だからこそ、攻撃には弱いのだ。

そんな筋肉を、装甲を越えて攻撃できるのが、炎魔法だ。

別に炎魔法は宝石の装甲を貫通したりはしないが、甲殻の温度を上げることはできる。

装甲を砕かずとも攻撃が通るという意味で、炎魔法は非常に相性がいい。

温度が数度上がった程度では何の意味もないものの……時間をかけて攻撃し続ければ、いずれは竜にとって致命的な温度まで上がる。

それまでは何の効果もないように見えるが、効果が出始めてからの影響は劇的だ。

なにしろ竜の身を守るはずの鎧が、自分の身を焦がす凶器と化すのだから。


「ゴア……ゴアッ……！」


ついに自重すら支えきれなくなった竜が、地面に崩れ落ちた。

それを見て俺は、部隊に宣言する。


「攻撃終了！　戦闘は終わりだ！」


俺の言葉を聞いて、部隊のメンバー達がほっとした表情で攻撃をやめた。

戦っている最中はなかなか骨が折れたが、終わってみれば味方には死者どころか怪我人もなし。完勝である。

まあ、本番は帝国との戦いなので、戦場に辿り着く前から被害を出すようでは困るのだが。

「さて、こいつをどうするかな……」

そう言って俺は、動かなくなった『宝玉の地竜』を見る。

宝石の塊のようなその甲殻は、見た目からして価値が高そうだが……実際、これには価値がある。

単純な宝石としても高い値段がつくかもしれないが、この宝石は大きい上に強度が極めて高いため、武具の素材としてとても優秀なのだ。

とはいえ……ここまで巨大なものを、魔法収納に入れるというのは無理がある。

死んだ後であれば可動部にそって解体することはできるのだが、それこそ1日仕事になってしまうだろう。

頑張って解体した上で、手分けして運ぶというのも……これから行く場所が戦場だということを考えると、流石(さすが)に選択肢には入らない。

「仕方ない、置いていくか」

天啓の石が手に入る魔物なら、石だけでも取り出しておくところなのだが、残念ながらこいつに天啓の石はない。

まあ、今手元にある2つ（エンペラー・オーガのものと、壊天の雷龍のもの）で覚醒は可能なので、今すぐに必要な素材は入っていないとみていいだろう。

「……なんだか、もったいないですね」

死してなおキラキラと光る『宝玉の地竜』を見ながら、サチリスがそう呟く。

まったくもって同感だ。

普段であれば、大喜びで領地まで持って帰ったところだろう。

「ここの位置を覚えておこう。今すぐでなくとも、回収のしようがある」

幸い、ここは深い森の中だ。

行方不明者も多く出ているし、そうそう来る奴がいるとも思えない。

残してきた宝石は、後でも回収できるだろう。

……その前に誰かに見つけられてしまったら、運が悪いと思うしかないが。

「よし、出発だ！」


そう言って俺は、再出発を宣言した。

ここに長く留まったところで、魔法収納の容量が増えるわけではないからな。


「「了解！」」


部隊はそう言って、再度動き始めた。

戦いに費やした時間は、およそ1時間弱……元々移動予定には多少の余裕をみているので、予定より遅れることはないだろう。

◇

それからしばらく走り、昼過ぎになった頃。

ちょうど街の付近を通りかかったところで、サチリスが口を開いた。

「今、マキシア商会と通信をしていたのですが……場所さえ分かれば、商会のほうで素材は回収できる可能性が高いとのことです」

「……解体の仕方が分かるのか？」

俺達が『宝玉の地竜』を倒したのは、人里離れた森の奥だ。

エリアボスが倒れた今、冒険者にとってはさほど危険な森ではないかもしれないが……巨大な素材を輸送するような大型馬車が入れるような場所ではない。

仮に解体に成功したとしても、運び出すのは容易ではないだろう。

「特殊な魔物を解体する部隊があるので、その人達がやるみたいです。……運び出せなかったら、素材を守るために警備していただけるとか……」

「なるほど。そんな部隊もあるのか」

考えてみれば、大型の魔物を倒す冒険者が解体技術にも精通しているとは限らない。

そういった冒険者が倒した魔物を回収するのも、商会の仕事の一つなのかもしれない。

「魔物の場所を伝えておいてくれ。回収費用は出す」

「分かりました。そう伝えておきますね」

どうやら、倒した魔物の素材を横取りされる心配はなくなったようだ。
マキシア商会、流石に便利すぎるな……。
むしろ逆に、マキシア商会にできないことを探すのが難しいんじゃないかと思うくらいだ。

「それと商会のほうから、伝言があるとのことです」

「伝言？　誰からだ？」

「それが……国王陛下なんです」

国王か。
まあ、国王は前回の王宮奪還戦で俺達の戦力をある程度知っているので、手を借りたいという話かもしれないな。

言われなくても、帝国とは戦うことになりそうだが。

「どんな伝言だ?」

「エルドさんに会って話したいとのことです」

会って話か。

俺達が王宮を奪還するために戦ったときにも、相手は帝国軍の可能性が高いとのことだったし、その関係で何か話があるのかもしれない。

それか単に、直接会って『力を貸してくれ』と言いたいのか……。

俺にとっても、別に国王と話すこと自体に問題はない。

知らない仲ではないし、使える戦力に加勢を求めるのも国王としては当然だろう。

国の要請で戦いに出ることになれば、そのぶん国からの助力も得られるだろうし、そう悪い話ではない。

とはいえ、今は話をするより早く戦場に行きたいのも事実だ。

話自体はそこまで長くかからないだろうが、戦場に行く途中で王都に行こうとすると、流石に旅程を1日延ばさざるを得ない。

帝国と王国軍の間に大きな力の差があるとしたら、その1日で状況が大きく変わってしまう可能性もあるのだ。

「マキシア商会の通信網経由で話すんじゃダメか聞いてくれ。旅程を延ばしたくない。それか伯爵軍関連の話なら、メイギス伯爵に回してくれ」

「き……聞いてみます」

忠実な王国民なら、国王に『来い』と言われれば黙って行くのが当然なのだろうが、残念ながら俺は忠誠心あふれる国民ではなかった。

国王相手ですら敬語を使わない冒険者に、忠誠心を求められても困る。

とはいえ……流石に複雑な話や国家機密が関わってくるような話だと、通信経由というのは難しいかもしれないな。

マキシア商会の通信網は結局のところ、遠距離通信ができるようなスキルを持った商会員をたくさん揃えて、伝言ゲームのような形で情報を伝えているに過ぎない。

今の通信だって、何十人……下手をすれば１００人を超える人数が、間に挟まっての通信になっていることだろう。


これでは会話を1往復させるだけで、分単位の時間がかかってしまう。

今のような単純な連絡ならいいが、複雑な交渉などはなかなか難しいだろう。

街道を離れるようなルートで移動すると、サチリスの魔法が通信網に届かない場合も多いしな。


その上、通信網の中にいる商会員達は、全員が俺と国王の会話の中身を知ることになるのだ。

いくらマキシア商会を信用しているとしても、それだけの人数の中に一人もスパイが紛れ込まないかと言われると、そこまでの自信はない。

そう考えると、通信網経由でできる交渉は『外に漏れても構わない範囲で、あまり複雑でない話』程度が限度か。


……などと思案していると、通信網から答えが返ってきたようだ。

「通信やメイギス伯爵ではなく、直接エルドさんと話したいとのことです。必要であれば陛下自ら出向かれるとのことですが、どうでしょうか」

「出向くって言っても、今は領地にいないからな……。移動ルートの途中なら別にいいが……」

我ながら、国王に向かってひどいことを言っている気がする。

世が世なら不敬罪で牢獄送りになってもおかしくはないところだ。

「あの……今の発言、そのまま陛下に伝えてしまって大丈夫ですか？」

「大丈夫だ。あの国王なら、理由があることくらいは察してくれるだろう」

「わ……分かりました」

サチリスが『本当にいいのかな……』とでも言いたげな顔で、俺の言葉を通信網に伝える。

そして……また数分後、答えが返ってきた。

「陛下自ら、ミータスにいらっしゃるとのことです。到着は夜中になるとのことですが……」

ミータス……元々の旅程で、宿泊場所として決めていた街だな。

あそこで話せるなら、俺としては全く問題ないが……あそこは王都からも結構遠かったはずなのだが、わざわざ国王が来るのか。

夜中とはいえ今日中に到着するためには、今すぐにでも出発しなければならないはずだ。

どうやら国王は、俺達のことを随分と重視しているみたいだな。

開戦直後ともなると、他にやらなければならないことは山ほどあるだろうに。

「分かった。ミータスで待つと伝えてくれ」

「はい」

こうして俺は、国王を移動途中の街に呼びつけ、話をすることになった。

国王が、そこまでして伝えたかった話というのは、少し気になるところだな。

第三章

03

The Invincible Sage in the second world.

その日の夜。

ミータスで休憩をとっていた俺達のもとを、一人の騎士が訪れた。

「エルド様、国王陛下がお会いしたいとのことです」

「分かった。どこに行けばいい？」

「こちらへお願いします」

◇

「久しぶりだね、エルド。話に応じてくれたことを感謝するよ」

領主館の応接間に案内された俺に、ラーファ国王はそう話しかけた。

国王はやや疲れた表情をしていたが……これは忙しさがどうとかじゃなくて、移動の疲れだろうな。

王都からミータスまで来ようと思うと、何時間も馬を走らせなければならなかっただろうし。

「いや、こっちこそ悪いな。国王の呼び出しとなれば、普通はこっちから出向くものだろう？」

「確かにそうだけど……エルド達がライジスに向かってるなら、それを邪魔するのは私にとっても不本意だ。むしろありがたいと言ってもいい」

ふむ。

どうやら国王はすでに、俺達がここにいる目的をライジスに行くためだと理解しているみたいだな。

まあ今のタイミングで急いで移動しているとなれば、目的は限られるか。

とりあえず、ライジス行きをやめろとか言われることはなさそうで安心した。

もしそう言われたら、俺は国王命令に背(そむ)かなければならなかったし。

「それで、直接会って言いたいことって何だ？」

「君に、王国騎士団長になってほしいと思ってね」

王国騎士団長……。
その名の通り、王国の騎士を束ねる団長……だよな？
流石(さすが)にいくらなんでも、いきなり依頼されてなるような立場ではない気がする。
大集団を率いるというのは、戦闘とはまた別の技術が必要なのだ。
俺は少数精鋭の冒険者部隊などを率いる力はあっても、何千人何万人という大集団を率いる方法の勉強をしたことはないし、するつもりもない。

「なんで俺に？　……今いる騎士団長はどうしたんだ？」

「ああ、説明が足りなかったね。君になってほしいのは、既存の騎士団じゃない。王立臨時特設騎士団……要するに、帝国との戦争のためにつくる、新しい騎士団の団長になってほしいんだ」

「新しい騎士団って……メンバーはどうするんだ？」

「今のところ、メイギス伯爵軍だけだね。もっと人数が欲しければ手配するが、時間はかかるかもしれない」

ふむ……。

新しい騎士団をつくる。

そして俺がリーダーになって、メイギス伯爵軍の仲間を引っ張る……？

これ、今の俺達がやっていることそのままじゃないか。

今も俺は、メイギス伯爵軍のリーダーのような立場で、選抜部隊とともにライジスへと向かっているのだし。

「それって、今と何が違うんだ？」

「何も変わらない。エルド達には今まで通り、好きなように戦ってもらって大丈夫だ」

「……名目だけ、王国軍っていう扱いになるのか」

「そういうことになるね。違うことといえば……エルド達の地位くらいかな」

なるほど。

元々、国に黙って戦争に兵を出して大丈夫なのかは、少しだけ心配していた部分だ。

その部分が、この騎士団扱いによって解消されるというわけか。

「ちなみに……俺が騎士団長になったら、国王命令で動かなきゃいけないのか？」

「一応、そういうことになるけど……私がエルドに出す命令は1つだけだ。『好きにやってくれ』これだけだ」

「……それ、命令なのか？」

「もちろん正式な、国王としての命令だ。たとえ貴族だろうと、王国騎士団……普通の騎士団の騎士団長だろうと、エルドの邪魔をすることはできない。エルドの邪魔をするのは、国王命令の邪魔をすることになるからね」

なるほど。
俺が好き勝手暴れまわるのが『国王命令を遂行している』という扱いになって、邪魔されにくくなるのか。
それはなかなか魅力的な提案だな。

「あ、それと費用の負担もだね。国の命令でエルド達が戦う以上、費用は国持ちなのが当然だろう？　それとは別に、戦果次第では報酬も出そう」

至れり尽くせりだな。
ミーナが国王に請求書を送りつけると言っていたが、本当に実現してしまいそうだ。
あまりに美味い話すぎて、逆に詐欺か何かを疑いたくなってしまうくらいだな。

「どうして、そこまでするんだ？　……税金の無駄だって言われそうだが」

「それはもちろん、国土と国民を守るために必要だからだ。税金の無駄なんてとんでもない。エルド達に金を出す以上に割のいい国防手段なんて、私は知らない」

「……放っておいても、俺達は戦いに行くつもりだったんだが」

「もし君が貴族や軍の横槍で戦いにくくなるようなことがあれば、それこそ王国にとっては自滅だからね。はっきりした地位を渡しておけば、その心配はなくなる」

ふむ。

たかだか20人かそこらの部隊に、そこまで言うかという感じではあるが……相手の性質次第では、あながち間違いとも言い切れないのか。

いくら人数が多くても、強力なスキルが相手ではなんの力も発揮できないということもある。

敵が少数精鋭である可能性が高い以上、対抗手段も少数精鋭である必要があるわけだ。

その精鋭部隊を潰した後で領地を制圧したりするのは、大人数の軍のほうが向いているのだが。

「まあ正直なところ、エルドを王国軍扱いにするのは、国王としての面目を立てるっていう意味もあるんだけどね。ただでさえ即位したばかりで、国王としての能力を疑われているところだ。一番の戦功を挙げる可能性が高い部隊には、『王国軍』の名前を背負っていてほしい」

「……なるほど、国王も色々大変なんだな」

「そうなんだよ。まあ、1年前に比べればずっとマシだけどね」

1年前か……。

あの時は王宮が占領されて、国王自身も人質のような形にされていたからな。

下手(へた)をすれば国ごと帝国に乗っ取られていた可能性を考えれば、領土の端から侵略しにきているだけ状況はマシといったところか。

「それで、ライジスの状況について聞いておきたいんだが……王国軍のほうでは、どのくらい把握している?」

「ほとんど何も分からない。分かっていることといえば、たった数人の相手に５００人の現地軍が全滅させられたことと、占領された街が砂まみれなことだけだ」

「……砂まみれ？」

「ああ。現地軍に生還者はいないから、どんな戦闘になったかは分からないんだが……王国軍の偵察隊が、占領された街の様子を確認した。砂まみれどころか、家によっては砂に沈みかけているような場所もあったらしい」

生還者ゼロか……。
戦闘自体に関する情報は聞けなさそうだな。
となると、現地の状況から推測するしかないか。

「その街の周囲は、砂地だったりするのか？」

「いや、ごく一般的な森や草地だ。あの砂がどこから来たのかは分からないが、恐らく連中の魔法か何かだと思う。諜報部隊ではライジスを占領した敵を、便宜上『砂の部隊』と呼んでいるな」

周囲に砂地がないとなると、風魔法による影響などではなさそうだな。

となると直接砂を出すような魔法だということになるが、ただ砂を出すだけの魔法を使う理由はないだろう。

500人もの大部隊を相手に使うような魔法で、跡地に砂が残るというと……候補は1つしかないな。

「恐らく、サンド・ストームという魔法だな」

「初めて聞く魔法だな……名前からすると、砂嵐の魔法か？」

やはり知らないか。

国王がこのスキルを知らないことに不思議はない。このサンド・ストームは賢者の上位スキル……それも、かなり変わった取得方法だからな。

サンド・ストームは単純なスキルポイントの消費や取得宣言ではなく、砂漠で特殊な『修行』をすることによって使用が可能になる魔法だ。

なかなか便利な魔法ではあるのだが、取得にかかる時間や手間が大きいため、俺は今まで取っていなかった。

スキルナンバーを宣言するだけで取れる他の魔法とは、比べ物にならないほど面倒な魔法だと言っていい。

しかし、それが逆に帝国にとってはよかったのだろう。

この世界の人間は、スキルナンバーのような『普通の方法』による魔法取得法を知らない。

逆に修行による取得のような特殊な方法となると、文献か何かがあったのかもしれないな。

「ああ。普通の砂嵐みたいな生易しいものじゃないけどな。ゴーグルをつけていても10センチ先すら見えない砂嵐の中で、暴風に押し倒され、倒れれば砂に埋まって窒息する……攻撃範囲も広いし、対策がなければ大軍でも魔法1発で全滅だ」

「な……なんと恐ろしい。そんな魔法に、対策ができるのか?」

「ああ。いくつかあるが……一つは力技だな。戦士系とかでとびきり頑丈な奴を用意して、砂嵐の圧力に耐えきればいい。効果範囲さえ抜け出してしまえば、砂嵐なんてないのと同じだからな」

スチーム・エクスプロージョンと同じく、サンド・ストームに同士討ちや自滅を防ぐ機能はない。

自分を巻き込まない位置に発動するということは、距離さえ詰めてしまえば砂嵐は避けられるということだ。

まあ、そのような弱点は相手も当然把握しているので、サンド・ストームに耐えながら通り抜けられるぐらいの頑丈さがなければ、距離を詰めるのは容易ではないのだが。

「力技か……しかし、現地の軍にそれができる者がいれば、部隊は全滅していないはずだな」

「ああ。普通に体が頑丈だとかいうレベルでは、絶対に耐えられる威力じゃない。防御系の強力なスキルがあって初めて耐えられる程度だが……相手の力量によっては、ミーリアでも無理かもしれないいな」

「ミーリア……『炎槍』のミーリアか？」

どうやら国王も、ミーリアの名前は知っていたようだ。

他にいい例が思い浮かばなかったのでミーリアの名前を出したのだが、伝わってよかった。

「ああ。そのミーリアだ。……二つ名持ちの冒険者ともなると、やっぱり知ってるんだな」

「全員は知らないが、『炎槍』は有名だからな。実力ならAランク最強という説すらあるくらいだ。……特にここ1年くらいの活躍は凄まじかったしな」

ここ1年というと、ゲオルギス枢機卿との戦いが終わったあたりからか。

ミーリアは元々レベルが高かった上に、効率的なスキルの組み合わせを使っているからな。

職業も英雄という高性能な上位職（この世界では『特殊職』という呼び名だが）だし、冒険者の中で最強とされるのに不思議はないか。

「しかし、炎槍でも耐えられないとなると……やはり力技には無理があるように思うな。エルドは炎槍より強いみたいだが、頑丈さで押し切るタイプじゃないだろう？」

「ああ。あいつに耐えられない魔法なら、俺でも無理だな。逃げることくらいはできるかもしれないが、押し切るのは無理だ」

サンド・ストーム対策の場合、英雄には『オーバーガード』という優秀な防御スキルがある。賢者の『マジック・ヴェール』も瞬間的な防御性能では負けていないのだが、あれは攻撃を受けていると凄まじい勢いで魔力が減っていくので、サンド・ストームのような効果時間の長い魔法とは相性が悪い。

移動系のスキルも、砂嵐の中ではあまり効果を発揮しないしな。

「食らう前に倒してしまえば関係ないから、それが一番の対策だな。強い魔法を1つ持っているだけの奴が相手なら、なんとでも戦いようがある」

「頼もしいな。相手もかなりの化け物のようだが……エルドに勝てない相手というのは想像がつかない」

「まあ、やれるだけはやってみよう。確実に勝てるとは言えないけどな」

もしサンド・ストームの使い手が俺より多彩な魔法を持ち、戦闘技術も俺より上だったりしたら、勝てる見込みはない。
それは砂嵐対策がどうとかいう話ではなく、ただ相手が強かったというだけの話だ。
まあ王宮を奪いに来た連中やゲオルギス枢機卿と戦った感触では、相手の賢者は本当に賢者の力を『使いこなしている』確率は低そうだが。

「ありがとう。ところで……ひとつアドバイスをもらえないか？」

「何だ？」

「現地の貴族……ゲイズ伯爵が自力でライジス奪還戦を挑むつもりだと思う。それについて、エルドの意見を聞きたい」

自力奪還か。
現地の貴族ともなると、面子（メンツ）とか利害とか、あまり国に頼りたくない理由があるのかもしれないな。
俺の目的はライジス自体ではないので、勝手に奪還してくれるならありがたいといえばありがたいが……。

「……ゲイズ伯爵の軍は、どんな部隊だ？」

「精鋭だと言われているな。ゲイズ伯爵は武闘派として名の知れた貴族だし、規模はそれなりだが練度は高いはずだ」

「ゲオルギス枢機卿軍と比べて、どっちが強い？」

ゲオルギス枢機卿軍。

1年前に俺達が戦った、特殊職（当時の呼び名では『下位職』）迫害の元凶だ。

当時は治癒薬の販売を独占し、かなりの権勢を誇ったようだが……あの軍は人数こそ多かったが、決して強いとは言えなかった。

軍隊としての集団行動や行軍などの技術は俺達メイギス伯爵軍とは比べ物にならないほど鍛えられていたが、肝心のスキルを使った戦闘技術が全然ダメだったのだ。

もし、あのレベルの戦力で挑もうとしているのだとしたら、それこそ無駄死にを増やすだけだ。

「比べるのはやめてやってくれ。エルドと戦った頃のゲオルギス枢機卿軍は、量と質ともに国内でも最高レベルだ。あれに匹敵する兵力を持つ伯爵など他にいない。……メイギス伯爵軍を除けばだがな」

「なら、奪還はやめさせたほうがいい。無駄に被害を増やすだけだ」

「分かった。すぐにでも命令を届けさせよう」

そう言ってから国王は、難しい顔で考え込み始めた。

なんだか、気が重いといった雰囲気だ。

「どうかしたか？」

「あー……すまない。ゲイズ伯爵が命令を聞いてくれるかどうかが心配でね」

「国王の命令に逆らうような奴なのか?」

この国は王国とはいえ、国王の権力は絶対的なものというわけではない。

国王でさえ、国内の政治に縛られるような面もあるのだ。

……という話は聞いていたものの、いざ命令がくれば一応は従う程度の雰囲気だと、俺は思っていたのだが。

「特に反抗的というわけではないんだが……やたらと戦いにこだわる奴なんだ。強さこそが正義であって、強い奴が偉いみたいな感じだな」

「……脳みそまで筋肉が詰まったタイプの奴か……」

「そういうことだ」

臆病(おくびょう)すぎるのも軍人として問題だが、勇敢すぎるのも考えものだな。

せめて国王からの命令には、しっかり従ってほしいものだが。

「……もしゲイズ伯爵が強硬に出兵を諦めなかった場合、何か戦い方のアドバイスはあるか？　……兵士達も我が国の民であることに変わりはない。無駄死にはしてほしくないんだ」

「戦うのは無理だ。できるだけ早く諦めて撤退してもらうことだな」

「それが難しい場合は？」

基本的に、地力に差がある相手との戦争は無理というものだ。
いくら勇敢で技術があろうとも、勝てない相手には勝てない。
作戦が力を発揮するのも、最低限の地力があってこその話だ。
それがないなら、急に相手が力を失いでもしない限りは勝てない。

「……どうしてもと言うなら、一つだけ方法はある。お勧めはしないけどな」

「どんな方法だ？　教えてほしい」

「俺に聞くまでもない、簡単な方法だ。相手の魔力が切れるまで、何度でも部隊を突っ込ませればいい。強いて言えば人数をいっぱい用意することと、できるだけまとめて殺されないことだな。殺される奴は1人だけってのが理想だが……サンドストームを使える相手となれば、10人くらいの被害で済めばマシってとこか」

サンドストームはスチーム・エクスプロージョンと同じく、連続発動に時間がかかる魔法だ。相手が使える魔法がサンドストームだけなら、その隙間(すきま)に襲撃をかければ簡単だが……実際はあのクラスの魔法を使える奴となると、最低でも基本スキルくらいは一通り押さえているだろうからな。

ゲオルギス枢機卿軍レベルの軍にとっては、まさしく絶望的な相手だろう。
流石に広範囲魔法はそんなに多く持っていないだろうが、それでも巨大な脅威には変わりない。

「相手1人につき、10人の死者ってことか……？」

「魔法1発につきだ」

俺の言葉を聞いて、国王が絶句する。

言い方からして、なんとなく分かっていたようだが……やはりショックの大きい内容だったか。

「それで……勝てるのか？」

「いくら強力な魔法使いでも、魔力の量には限界がある。それを削り切るまで魔法を使わせれば、後に残るのはただの人間だ」

実は王宮奪還戦では、この戦術が有効だったんだよな。

もし敵が捨て身で俺の魔力を全て削りにかかっていれば、俺は殺されていた……とまでは言わないが、少なくとも王宮から一時撤退しての魔力回復を強いられただろう。

大きな力の差のある相手に一矢報いる方法として、魔力を削り切るのは一つの立派な手段なのだ。

……もっとも相手に魔力回復の隙を与えないということは、絶え間なく犠牲となる兵士を送り込み続けなければならないということだし、普通の神経をしていればとれない方法だが。

少なくとも俺やメイギス伯爵軍では、絶対に採用しない戦術だ。

「いや、理屈としては分かるが……それは、あまりにも……」

「だから、お勧めはしないと言った。そこまでする気がないなら、最初から無理な戦いは挑まないことだな」

「……今の説明で、よく分かったよ。絶対に戦いは挑まないように、ゲイズ伯爵に命令を出しておこう」

どうやら国王には分かってもらえたようだな。

ゲイズ伯爵が素直に命令を聞いてくれるかは知らないが。

「今日は私の話に応じてくれてありがとう。君の武運を祈るよ」

こうして俺と国王の話は終わった。

国王は武運を祈ってくれるらしいので、俺は国王がミーナからの請求書で破産しないように祈っておこう。

◆第四章

04

The Invincible Sage in the second world.

翌日。

俺達はミータスを出発し、ライジスへと向かっていた。

「私達、王国騎士団になったみたいですけど……実感がないですね……」

「やってることは変わらないしな」

俺達が『王立臨時特設騎士団』という長ったらしい名前の騎士団になったことは、すでにメンバー一同にも伝えてある。

一応立場上は、万単位の人数を抱える王立騎士団と同じ立場のはずなのだが……確かに実感はない。

「一応、軍旗はもらったぞ」

そう言って俺は、国王からもらった旗を見せる。

手のひらサイズの……まるで運動会か何かで使う玩具(おもちゃ)みたいな旗だ。

騎士団の紋章は正式に決まっていないので、旗には王家の紋章と『王立臨時特設騎士団』という文字が書かれている。


「軍旗って普通、もっと大きいものなんじゃ……？」

「そんなの持ってても邪魔だろ。一応用意はされてたが、いらんと言った」

普通の騎士団などは大集団で移動するため、巨大な旗を持つ専門の兵士などがいるのだろうが、うちにそんな人員の余裕はないからな。

軽量化のために食料すら最低限の用意なのだ。何が悲しくて食べられもしない大きな旗を持ち歩かなければならないのか。


「確かに……戦闘には必要ありませんね」

「ああ。国王としても俺達が旗を持って戦うよりも、いい戦果を挙げるほうが嬉(うれ)しいだろうしな」

そんなことを話しつつ、俺達は進んでいく。

今日のルートは俺達と親しいマイアー公爵の友好領が多いので、安全で楽な道だ。

「商会の補給地点はどこだ？」

「ライジスの手前にある、ティアグラという街になる予定です。大きめの軍が滞在している関係で、安全度も高いという話です」

「分かった。じゃあ、とりあえずそこまで行くか」

◇

ミータスを出た日の夕方。

俺達は何事もなくティアグラに到着しようとしていた。

街には事前の報告通り、多くの兵士達がいた。
正確には街の中ではなく、街に隣接した場所に設営された野営地だが。
野営地ではあちこちで火が焚かれ、兵士達が剣を研いだり食事の準備をしたりと、戦闘の用意をしている。

「……大した数だな」

「はい。それだけ重要な防衛拠点だってことでしょうか？」

「いや……街を守るための布陣って感じじゃないな」

街に滞在している軍勢は、町の外の警戒に力を入れている様子はない。
外からの攻撃に備えているなら、見張り役以外の兵士ももう少し周囲を警戒するはずだ。
荷物なども運びやすいよう荷車に積み込まれていて、行軍の準備という感じがする。

「この街にいるのは、どんな軍だ？」

「マキシア商会の情報網によると、ゲイズ伯爵の軍勢みたいです」

「……なるほど……」


ゲイズ伯爵。

国王の言っていた、ライジス奪還をやめる命令に逆らいそうな貴族か。


しかし、装備を見るだけでも分かる。

この兵士達に、『サンド・ストーム』を使えるような賢者と戦える力はない。

軍としての基礎的な練度はありそうな動きなので、1年ほど戦闘技術を教えれば戦えるようにはなるだろうが……今すぐにというのは絶対に無理だ。


彼らには敵賢者のいる街に突っ込んで無駄死にされるより、後方に控えておいてほしいところだ。

賢者などの特殊な戦力は、恐らく帝国もあまり多く揃えていないはずだ。

『サンド・ストーム』を使えるレベルの賢者が沢山いるなら、とっくにライジス以外の街も押さえられているはずだからな。

敵がライジスから動かないところを見るに、恐らく帝国は覚醒システムに気付いているのだろう。

覚醒システムを使うと、普通では考えられないほど強力な冒険者——軍隊の場合は、強力な兵士をつくることができる。

天啓の石が必要なシステムなので、あまり大人数は作れないだろうが……ライジス活火山を奪還されてしまうと俺達に覚醒システムを使われてしまう可能性もあるので、相手はライジスを抑え続けるはずだ。

賢者などをライジスの守りに回すとしたら、他の街などの襲撃には比較的『普通の』軍隊が回される可能性が高くなる。

少しくらいは賢者などが紛れ込むかもしれないが、主戦力は通常の兵士……つまり、この世界でいう普通の戦争だ。

そうなった時に軍が残っていたほうが俺達にとっても有利なので、あまり無駄に戦力を減らしてほしくはないのだ。

とりあえずは、国王命令についてちょっと聞いてみるか。

もし何かの手違いや連絡の遅れによって命令が届いていないとしたら、国王命令のことを伝えるだけで進軍を止められる可能性もある。

ゲイズ伯爵が命令を受け取った上で無視しているのなら、なかなか対処が難しくなってくるが。


「ちょっと、様子を見てみるか」


俺はそう言って、兵士達の野営地に近付いていく。

すると……野営地には兵士達の姿に交じって、子供達の姿があることに気付いた。

それも戦闘どころか、戦場までの移動にすら耐えられるか怪しい、10歳かそこらの子供達だ。

遠くから見ても分かるほど、不安げな顔をしている。


……まさか、こんな子供にまで戦わせるつもりだろうか。

そう考えつつ俺は、彼らのもとに近付いていく。

すると……兵士と子供達が話している内容が、耳に入ってきた。


「ねーお兄ちゃん、僕達の街に、悪い人達が来るってほんとー？」

「大丈夫だ。悪い人達がこの街に来る前に、お兄ちゃん達がやっつけてやるからな」

「やったぁ！　お兄ちゃん、頑張ってね！」

どうやら子供達は戦うわけではなく、地元の住民か何かのようだ。

子供達に戦わせるつもりじゃないのは少し安心したが……あの『悪い人達がこの街に来る前に、やっつけてやる』という言い方を聞く限り、どうやら自分から戦いに行くつもりみたいだな。

……従ってもらえるかまでは分からないが、国王命令については伝えておくか。

しかし、ゲイズ伯爵はどこにいるのだろう。

そう考えていると、兵士のうち一人が近付いてきた。

「何かお困りですか？」

どうやら立ち止まって周囲を見回しているのを見て、困り事か何かだと思ったようだ。

俺に話しかける口調は爽やかなもので、嫌な感じはしない。

……これから国王命令に逆らおうという連中には見えないな。

「あー……一つ聞きたいんだが、ライジスについて国王から何か命令を聞いてないか？」

「申しわけありません。命令内容は軍の機密情報なので、お答えできません」

なるほど。

軍としては模範解答だな。

確かに見知らぬ奴に国王命令の内容を漏らすようでは、兵士として失格だ。

「無理な質問をして悪かった。……ゲイズ伯爵と話をしたいんだが、場所を聞いていいか？」

「伯爵閣下と……ですか？　失礼ですが、身分を伺ってもいいでしょうか」

「メイギス伯爵軍……いや、王立臨時特設騎士団のエルドだ。国王陛下の命令のもと、俺はここに来た」

せっかく立場をもらったのだから、こういう時にこそ使わせてもらおう。
国王からもらった命令は『好きにしろ』というものだけだが、文字通り『好きにしている』ので、ゲイズ伯爵と話すのも国王命令の一つだ。

「大変失礼いたしました。こちらにお願いします」

そう言って兵士は俺達を先導し、野営地の奥へと向かっていく。
さて……ゲイズ伯爵は脳筋だと聞いていたが、どうなることだろう。

◇

野営地の奥には、ひときわ大きいテントが張られていた。
テントには『作戦本部』と書かれている。
どうやらゲイズ伯爵は、ここにいるようだ。

「失礼します！　王立臨時特設騎士団のエルド様をお連れしました！」

「入れ！」

テントから、威勢のいい声が返ってきた。

それを聞いてから兵士は天幕を開け、俺に中に入るよう促す。

俺が中に入ると、そこには一人の筋骨隆々とした男が立っていた。

机の上には1枚の地図と、1本の剣が置かれている。

剣にはかなり使い込まれた様子があるが、刃は丁寧に磨き上げられている。

どうやらこの人が、ゲイズ伯爵のようだ。

「王立臨時特設騎士団……聞き慣れない名前だが、どのような騎士団だ？」

「帝国との戦争のために新設された騎士団だ。人数は少ないが、国の扱いとしては通常騎士団と同じ立場になる」

「新設騎士団か。練度がついてくるのか気になるところだが、動きが早いのはいいことだな。戦場では1日の差が戦況を左右する。兵が足りなくなってから慌てて準備をするよりは、早すぎるくらいのほうがいい」

ふむ。
この台詞(せりふ)を聞く限り、そこまで脳筋って感じはしないな。
なんというか、普通に優秀な指揮官という感じだ。

「エルド殿を見る限り、練度もそう悪くはなさそうだな。筋力はまだまだのようだが、動きは合格点だ。あまり軍人らしい歩き方ではないようだが、前職は冒険者か何かか？」

「……よく分かるな」

俺も戦闘姿勢などを見れば相手の実力が何となく分かるが、歩いている姿だけでは無理だぞ。
このあたりは、武闘派貴族の得意分野といったところだろうか。

「その程度のことも分からないようでは、戦闘の指揮はできんよ。……その新設騎士団の団長だって、同じ程度のことはできるはずだ」

「いや、無理だが」

「なぜそう言える？」

「俺が騎士団長だからだ」

そう言って俺は、国王からの命令書を見せる。

新設騎士団をつくり、その団長をエルドにするという内容の命令書だ。

「君が騎士団長……？　すまん、先ほどの『練度もそう悪くはなさそう』という発言は取り消させてくれ。君は一兵卒としては優秀な部類に入るが、騎士団長というのは……こうでなくてはいかん」

そう言ってゲイズ伯爵は腕を曲げて筋肉に力を入れ、力こぶを作った。

確かに立派な筋肉だが……うん。段々と脳筋の気配がしてきたな。

「技術も大事だが、戦場で最も物を言うのは力の強さと体力、そして根性だ。経験もいるな。こんな若者を騎士団長に据えるとは、国王陛下は何も分かっていらっしゃらないようだな……」

ゲイズ伯爵はそう呟いて、少し悲しそうな顔をした。

……戦場では筋肉や根性よりも『スチーム・エクスプロージョン』のほうが役に立つと思うのだが、説明しても分かってもらえそうにないな……。

ここは一旦、国王命令というのを前面に押し出したほうがよさそうだ。

口調からして、ゲイズ伯爵は国王に敬意を表しているみたいだし。

「まあ、筋肉のことは一旦置いておこう。俺が騎士団長になったのは、国王陛下の命令だからな。……陛下の命令に逆らうつもりはないだろう？」

「もちろんだ。陛下の命令に従うのは、国民としての義務だからな」

おお。いい感じに言質がとれたな。

どうやらゲイズ伯爵が国王命令に背く(そむ)というのは、杞憂(きゆう)だったようだ。

「そうか。ところで俺は昨日、国王陛下とお会いしたんだが……陛下はライジス奪還を諦め(あきら)ろとの命令を出すという話だった。もう届いているはずだが、まさかライジスに攻撃を仕掛けたりはしないよな？」

俺の言葉を聞いて、ゲイズ伯爵は目を丸くした。

そして、補佐官と思(おぼ)しき兵士に向かって問いかける。

「……そんな命令は来たか？」

「いえ、届いておりません！」

おかしいな。

国王は昨日別れ際に、命令書は最速で届けさせるから今日の昼ごろには到着するはずだと言っていたのだが……。

もしや連絡を伝える使者が、事故に巻き込まれでもしたのだろうか。

「陛下の話では、今日の昼には命令書が届くはずだという話だったんだが……」

「ふむ……もしかしたら我々の領地には来ているかもしれんが、あいにくここは遠征地でな。領地からの連絡が届くには時間がかかるんだ」

なるほど、確かに普通『貴族に命令を届ける』となったら、領地に届けるか。遠征している軍に直接届ければ効率がいいのだろうが、どこにいるか分からないケースもあるだろうしな。

「領地っていうのは、そんなに遠いのか？」

「ああ。遠いとも。我々の領地までには10キロほどの距離があるから……何日かかる？」

10キロ……。

訓練された軍人とかなら、1時間もかからない距離だな。

何日っていう単位じゃないと思うが……。

「恐らく1週間ほどかと思われます」

「ああ、やっぱりそのくらいだよな。長い道のりだから、周囲の安全に気をつけながらゆっくり進むように伝えてくれ」

補佐官の言葉を聞いて、ゲイズ伯爵が満足そうに頷く。

こいつら、明らかに確信犯だな……。

命令書が届けば従わなければならないから、わざと到着を遅らせるつもりだ。

「ということで、我々にはまだ命令など届いていない。今日の深夜に襲撃をかける予定だから、それまでに国王陛下から何らかの命令が届かなければ、予定通りに襲撃を行う」

「国王陛下からの命令が届く前に動くのは、騎士として問題ないのか？」

「もちろんだ。特段の命令がない限り、民を守るのは騎士の責務。……もし本当に陛下が中止命令を出しているとしても、ご命令が届く前に我々が勝利を挙げたとすれば、陛下もお喜びになるだろう。……もっとも、仮に命令が届いたとしても、従うとは限らないがな」

こいつ、さっきと言ってることが違うぞ。

『陛下の命令に従うのは、国民としての義務だ』とか言ってただろ。

やはり脳筋なのか……？

「さっき、命令には従うって言ってたよな……？」

「国王陛下の命令に従うというのは、確かに国民の義務だ。……しかし我々は国民である前に騎士だ。民を守るという『騎士の責務』に比べれば、国民としての義務はさほど重要ではない」

「国王命令に背けばどうなるのか、分かってるのか？」

ちなみに、どうなるのか俺は知らない。

どうなるんだろう。

「最悪の場合は処刑だな。民を守るために戦った騎士を処刑するような国王なら、その命令に従う気などないが……仮に処刑されるとしても、俺の首一つで騎士の責務が果たせるのなら安いものだ」


うーん。清々しいまでに脳筋だ。

半端に保身とかに走らないぶん、逆に動かしにくいと言ってもいい。

こういう奴と話すのは初めてだから、どう止めればいいのか難しいところだな。


この伯爵が一人で死ぬぶんには本人の勝手だが、部隊全部を巻き込んで自滅するとなれば話は別だ。

俺が先回りしてライジスを制圧するという手もなくはないが、簡単に制圧できるかどうかは相手次第だしな。

下手に横槍を出されると『スチーム・エクスプロージョン』などの魔法に巻き込んでしまう可能性もあるし、ゲイズ伯爵本人はともかく『ゲイズ伯爵軍』にはおとなしくしていてもらいたい。


「ちなみに、代わりの騎士団が民を守ってくれるなら、国王の命令に従うのか？」

「当然だ。大事なのは民が守られることであって、我々が手柄を立てることではない。……民を見捨てろという命令でもない限りは、陛下の命令に従うのが当然というものだ」

「それならゲイズ伯爵には、この街を守っていてほしい。国王陛下の命令に従い、ライジスにいる帝国軍は俺達が倒す」

なんとなく騎士っぽい言い方をしてみた。

それを聞いて……ゲイズ伯爵は、ニヤリと笑った。

「ほう、言うじゃないか。……ほんの若造だと思っていたが、心はすでに騎士のようだな。伊達に騎士団長には任命されていないということか」

「……任せてくれるか？」

「それとこれとは話が別だな。まず聞きたいのだが、君の部隊は全部で何人だ？」

「今日いるのは、20人ほどだな。ライジスを制圧した敵よりは多いが……大事なのは数じゃない。敵と戦って勝てる力があるかどうかだ」

普通なら人数のことを言われた時点で分が悪いところだが、今回に限っては敵が自分から少数精鋭の優位性を証明してくれている。

この人数でも、実力さえ足りていれば問題はないだろう。

もっとも相手の危険度次第では、最前線には俺だけが立つことになる可能性もあるが。

「……確かに君の言う通りだ。敵が少数の化け物である以上、通常の集団戦というよりは個々の力が問われる可能性も高い。……となると軍人というよりは冒険者の役目だな。『炎』あたりが君の軍に所属しているのなら、まず任せてみるという選択肢はある」

またミーリアか。

あいつ、有名人だな……。

どうやらこの国では今や、強い冒険者＝『炎槍（えんそう）』のミーリアという認識が根付きつつあるらしい。

「ミーリアはいない。ゲオルギス枢機卿と戦った時と違って、ミーリアとは何の関係もない戦いだからな。……だが今の俺達は、あの時よりずっと強いぞ」

俺の言葉を聞いて、ゲイズ伯爵は目を丸くした。

そして俺の顔を覗き込み、口を開く。

「エルド……そうか、聞いたことがあるぞ。もしや君はメイギス伯爵軍を率い、自分達の10倍も人数のいるゲオルギス枢機卿軍を破ったという、あのエルドか？」

「そのエルドだ。……あの戦争の話、知ってたんだな」

「無論だ。ゲオルギス枢機卿軍が、たかだか1000人やそこらの軍に破られたと聞いた時には耳を疑ったものだよ。……このような若者だとは知らなかったが、それなら陛下が新設騎士団の団長に任命なさったのも納得がいく。もしかして新設騎士団というのは、メイギス伯爵軍の選抜部隊か何かか？」

「そういうことだ。任せる気になったか？」

このゲイズ伯爵、根性論だけの脳筋じゃないな。

ちゃんと情報を集めたり考えたりした上で、最終的には根性論と騎士道精神で無理を押し通そうとする感じの奴だ。

となると……返ってくる台詞、なんとなく想像がつくぞ。

「ただで任せるというわけにはいかんな。本当にライジスを任せられるかどうか、試させてもらおう」

うん。予想通りの反応だ。

話の分かる奴……というか、話より拳で語るタイプだな。

「分かった。じゃあ伯爵軍の中で一番強い奴と俺が戦って、勝ったらゲイズ伯爵の軍には後方を担当してもらう……あ、別に相手は1人じゃなくていいぞ。10人でも100人でもまとめて相手をしよう」

なにしろゲイズ伯爵軍は千人を超える規模の軍勢、こちらはたった20人なのだ。

10人や100人、まとめて相手をできないようでは、軍勢全体としての強さでは劣ると言われても仕方がないだろう。

殺せないというところが厄介だから、それでも何とかできる程度の技術はある。

とはいえ……ゲイズ伯爵は、そんなことをしろとは言ってこないと思うが。

「1人で構わない。我が軍で最も強い兵……つまり私と君が1対1で戦い、勝ったほうがライジスに行く。それでいいな?」

「もちろんだ。ちなみに、魔法を使ってもいいのか?」

「使えるものは何であろうと使って戦うのが戦争だ。魔法でも飛び道具でも暗器でも、好きに使うがいい。……だが、魔法が万能だとは思わないことだ」

こうして俺は、ゲイズ伯爵と戦うことになった。

さて……今回は、普段とは少し違った戦い方をすることになりそうだな。

流石(さすが)にスティッキー・ボムやデッドリーペインで動きを止めたり、スチーム・エクスプロージョンで吹き飛ばしたりするわけにもいかないし。

第五章

05

The Invincible Sage in the second world.

それから少し後。
俺はキャンプ地の近くの草原で、ゲイズ伯爵と向かい合っていた。
その周囲は、見物人……主にゲイズ伯爵の兵士達に囲まれている。

「こんなに集まって、人手は大丈夫なのか？」

「問題ない。襲撃までには元々時間があるから、最初から休息にあてる予定だった時間だ」

そう言ってゲイズ伯爵は、周囲の兵士達を見回す。
いずれも鍛えられた体を持つ、いかにも精鋭といった雰囲気の兵士達だ。
実際、スキルを使わないような戦闘においては、かなりの精鋭と言ってもいいのだろう。

……荒くれ者とかじゃなくてよかったな。

ガラの悪い感じの兵士達だったら、伯爵が負けた時に、暴動とかになるかもしれないし。

「この決闘では真剣を使わせてもらうが、構わないな？」

そう言ってゲイズ伯爵は、剣を上段に構える。

特に大きかったり重そうだったりするわけではないが、使い込まれた雰囲気の剣だ。

武器としてこれといった特徴はないものの、だからこそ目立った欠点もない。

実力がそのまま出る、玄人好みの武器だと言っていいだろう。

もちろん、刃を潰してはいない――それどころか、戦闘用に研ぎ上げられた状態の剣だ。

伯爵が本気で剣を振れば、人間の首を落とす程度は簡単だろう。

もちろん首だけでなく、体のどこかに当たれば大怪我だろうな。

だからといって、この戦いをやめるつもりなどないが。

「もちろん構わない。俺が使う攻撃魔法だって、真剣と同等以上には殺傷力があるからな」

「うむ、いい度胸だな。……一応ルールの確認だが、この戦いは片方の降参または死亡をもって決着とする。怪我では負けにならないから、死ぬ前に降参してくれよ」

「ああ。もし勝てないと思ったら、潔く降参するよ。……勝てないと思えばの話だけどな」

そう言いながら俺は――1本の剣を構えた。

剣を持って戦うのは久しぶりだが、今回の戦いにはこれが一番いいと考えたのだ。

高威力魔法を1発撃てば、ある程度の強さの証明はできるが……基本的に高威力魔法は連射が利かないので『1発打った後のことを考えると、やはり人数が必要なんじゃないか？』とか言われると面倒だからな。

その点、もし騎士が剣で負けたとなれば、もはや言いわけのしようがないだろう。

騎士を相手に、剣で勝つ。

これ以上に分かりやすい実力の証明はないというわけだ。

「ほう。魔法使いだというのに、剣も使うのか？」

「せっかく騎士が相手なんだから、剣で戦ってみたいと思ってな。……負けるつもりはないから安心してくれ」

「言ってくれるな。……では、ゲオルギス枢機卿を打ち倒したその実力、見せてもらおうか！」

そう言ってゲイズ伯爵が、俺に向かって距離を詰め始めた。

威勢のいい声とは裏腹に……走らず、駆け足すらもしない、ゆっくりとした足取りだ。

その姿勢は速く距離を詰めるというよりは、飛び道具による攻撃に備えて、最大限の対応力を維持するためのものに見える。

とはいえそれは、走ったり飛び退いたりして避けられる攻撃への対応力の話だ。

相手が『サンド・ストーム』を使えるような賢者だとすれば、どんなに慎重に動いたところで意味がない。

威力に耐えられないなら射程内に入らないことが、唯一の対策だ。

だが……恐らく、伯爵が想定するような戦場においては、この歩き方は十分な魔法対策なのだろう。

この世界で一般的に知られている魔法は『魔法使い』の基本スキルばかりなので、対策もそれに応じたものになっているというわけだ。

代表的な魔法でいうと、『ファイア・ボム』あたりだろうな。

実際のところ、伯爵の歩行法は『スチーム・エクスプロージョン』に対しては何の防御にもなっていないのだが……今回の戦いの目的は伯爵を殺すことではなく、実力を認めさせて穏便に引き下がってもらうことだ。

ここは……あえてこの国基準での『普通の魔法』を使ってみるか。

「ファイア・ボム」

俺はゲイズ伯爵の足元に向かって、ファイア・ボム——魔法使いと賢者に共通の、炎系攻撃魔法を放った。

その瞬間——ゲイズ伯爵が動いた。

「縮地！」

——縮地。

剣士系の一部職業が持つ、瞬間的な高速移動を可能とするスキルだ。

連続発動ができない、移動距離はそう長くないという欠点はあるものの、瞬発力という意味では最高峰に位置する移動スキルだろう。

先ほどまでゲイズ伯爵がいた場所に火の玉が着弾して爆発を起こすが、そこにはもう誰もいない。

「なんて威力だ……これがあのエルドの……！」

「ファイア・ボムがあんな威力になるのか……！」

爆発の威力を見て、俺達の戦いを見守る兵士達が感嘆の声を漏らす。

……多少の威力の差なんて、当たらなければなんの意味もないが。

「狙い通りってわけか」

俺の目前まで踏み込んだゲイズ伯爵を見て、俺はそう呟いた。

あえて魔法を撃たせ、その隙をついて一気に距離を詰める。

恐らくこれが伯爵流の、対魔法使い用の戦闘術なのだろう。

確かに……相手が『ファイア・ボム』くらいしか使えない魔法使いなら、この戦い方はなかなか優秀そうだ。

剣士と魔法使いなら、距離さえ詰めてしまえば剣士が有利だからな。

とはいえ……今回俺は、最初からそのつもりで距離を詰めさせたのだが。


「ぬん！」


ヒュッという鋭い音とともに、ゲイズ伯爵の剣が俺に迫る。

その剣筋に、一切の手加減は感じられない。

もしまともに食らえば、重傷は確実だろう。

だが、もちろん黙って食らうわけもない。

俺も剣を振り、ゲイズ伯爵の剣を受け止めようとする。

多くの剣術用補助スキルに加え、一般人とは比べ物にならないほどの腕力を持つ騎士の剣。

剣術用補助スキルはほぼ皆無で、一般人と大して変わらない腕力しか持たない賢者の剣。

2つがぶつかり合い——弾かれたのは、騎士の剣のほうだった。


——『クリティカルカウンター』。

相手の攻撃に対し、最適なタイミングと力の入れ方で迎え撃つことによって、通常とは比べ物にならないほどの威力を生み出す技術だ。

もし相手と自分の力が同格なら、相手を吹き飛ばすほどの力を持つ『クリティカルカウンター』が、俺と伯爵の腕力の差を覆した。


賢者の俺が使えるクリティカルを、なぜ専門職であるはずの騎士が使えないのか。

それは『クリティカルカウンター』の発動には、1つのコツがあるからだ。


剣が当たる瞬間、僅(わず)かに手の力を抜く。

本来なら最も力を込めている必要のある瞬間に、ほんのわずかに手を緩(ゆる)める。

それもほんの僅かに、絶妙なバランスで。

このコツを知っているかどうかで、クリティカルカウンターの発動率には10倍近い差がつく。

この世界の人々はその知識がないために、クリティカルは熟練の剣士ですら1割も出せない『奇跡の一撃』などと呼ばれているのだ。

とはいえ……たとえコツを知っていたとしても、クリティカルは確実に発動するものではない。

剣の当たり方や刃の立て方など、他にも発動条件が山ほどあるからだ。

特に、初めて戦う相手にクリティカルを使うのは、コツ以外の部分での難易度が高い。

それでも俺がクリティカルの発動に成功したのは、相手——ゲイズ伯爵の剣術が洗練されていたからこそだ。

剣術には色々な動きがあるが、攻撃のために最適化された動きとなると、正解は限られてくる。

伯爵が剣を練習すればするほど、その動きは効率的な……そして均一なものになっていく。

100回戦って100回同じ剣を振れることこそ、鍛錬の成果だ。

だからこそ、動きが読みやすい。

このタイプの剣術の一番怖い部分は『読めていても、受け止められない』ところなのだが……一方的にクリティカルが発動できるのであれば、その差は十分覆せる。


「なっ……」


剣が弾かれたことに戸惑いながらも、ゲイズ伯爵は崩れた体勢を立て直そうとする。

俺は追撃のために剣を振ろうとして――途中で止めた。

その様子を見て、伯爵はニヤリと笑った。


「気付いたか。なかなかやるようだな」


ゲイズ伯爵は本当に体勢を崩したわけではなく、体勢を崩されたふりをしていただけだ。

そもそもゲイズ伯爵が使っている剣は、力で相手を押し込むようなタイプのものではない。

自分より力に特化したタイプの剣士に剣を弾かれることなど、そう珍しくはないだろう。

伯爵は相手に斬りかかった時点で、剣が弾かれる可能性を想定していた。

そんな時にはただ剣を弾かれるだけではなく、わざと隙をつくることによって相手の攻撃を誘い、無理な追撃のためにできた隙をつくというわけだ。

一度しか使えないタイプの駆け引きではあるが、その一度の隙で相手の首をはねてしまえば、二度目など必要はないのだから。

「騎士っていうのは、意外と汚い駆け引きも使うんだな」

「当然だ。騎士の使命は民を守ることであり、己のプライドを守ることではない。……どんな手を使ってでも勝利を挙げるのが、騎士というものだ」

そう言ってゲイズ伯爵は、再度剣を振った。

しっかり体重を乗せるというよりは、速さだけを追求した……ただ当てるだけのような剣だ。

俺はそれをまた、剣で受ける。

今度も『クリティカルカウンター』が発動し、伯爵の剣を弾き返した。

伯爵の剣にこもった力は先ほどより弱かったが……今回のほうが、俺にとっては対処が難しかった。

威力を軽視することによって剣の動きの柔軟性は上がるため、クリティカルカウンターを発動させにくいのだ。


「見た目に似合わず、大した力だな！」


そう叫びながらも伯爵は、なおも剣を振る。

俺はそれを剣で弾こうとするが……クリティカルは発動しなかった。

伯爵の剣はただ速さだけを追求したような、まったく力のこもっていない剣だ。

だが俺の剣は、あっさりと押し込まれていく。

一応は鍔迫り合いの形になっているが、こちらの劣勢は明らかだ。

単純に、力に差がありすぎる。

魔法系職業である賢者と、剣を専門とする騎士（職業までは分からないが、剣士系なのは間違いないだろう）では、スキル以前に腕力の差が大きすぎる。

一方的にクリティカルを発動して初めて、その差は埋まるのだ。

先ほどの一撃との手応えの差に、ゲイズ伯爵は一瞬驚いた様子を見せたが……すぐに納得がいったように呟いた。

「そうか……先ほどの威力は『奇跡の一撃』か！」

「だったらどうする？」

どうやら、気付かれたようだ。

問題はここから、伯爵がどう勝負をつけにくるかだが……。

「ガードクラッシュ！」

伯爵は俺の問いに答える代わりに、スキル名を宣言した。

――ガードクラッシュ。剣士系に共通する攻撃スキルで、高い威力によって相手を防御ごと叩き伏せるスキルだ。

この選択は正しい。

攻撃スキルは高い威力を持つ代わりに、決められた動きしかできないという問題がある。

相手と剣をぶつけ合うタイミングでスキルを発動すると、逆に大きな隙をつくってしまうというケースも少なくはないのだ。


だが鍔迫り合いの最中であれば、避けられることはまずない。

相手も攻撃スキルで押し返しにくることはあるだろうが、そうなれば単なる力比べになる。

その力比べに自信がある場合には、鍔迫り合いに持ち込めた時点で勝ちだといってもいい。


ゲイズ伯爵が『勝った』とでも言いたげな表情で……だが油断なく俺の動きを見ながら、スキルを発動する。

それに対して俺は——剣を後ろに引いた。

伯爵はそれを見て、驚きの表情を浮かべた。

今、ゲイズ伯爵の剣を押し留めているのは、俺の剣だけだ。

その剣を後ろに引いたりすれば当然、伯爵の剣は俺に届くことになる。

今使っている武器は、刃引きすらされていない真剣だ。

俺は防具すらつけていないので、剣の切れ味と剣士系職業のステータス、そして『ガードクラッシュ』の威力をノーガードで受けたりすれば、運が悪ければ真っ二つ……運がよくても致命傷だ。


ゲイズ伯爵の表情が、段々と焦り(あせ)に変わっていく。

それは俺に負けることに対しての焦りではなく、俺を殺してしまうことに対しての焦りだろう。


いくら決闘という形式を取っているからといって、殺すつもりはなかったはずだ。

俺も殺す気はなかったし、殺される気もなかった。

そもそもお互いの立場を考えれば、どちらかが死ぬような戦いが許されるはずもない。


……だが、ゲイズ伯爵がいくら焦ろうとも、剣は止まらない。

攻撃スキルはその威力と引き換えに発動者の動きを限定し、その発動終了まで動きを変えることは許さない。

剣をかわされた場合でも、逆に予想外のクリーンヒットとなってしまった場合でもだ。

そしてゲイズ伯爵の剣が俺の脇腹に当たり、――そこで止まった。

別に伯爵の意思が剣を止めたというわけではない。

もっと単純な理由で……つまり、俺の体を切り裂くだけの威力を持っていなかったから、止まったのだ。


そして……驚きの表情を浮かべるゲイズ伯爵に、俺の剣が迫る。

防御を捨てて剣を引いたのは、今このタイミングで斬りつけるためだったのだ。


熟練の剣士に剣を当てるのは難しい。

だが『相手の攻撃だけ、完全に無力化できる』という条件があれば、話は一気に簡単になる。

普通の戦いは相打ちでは負けだが、この条件なら相打ちも勝ち……いや、相打ちにすらならないタイミングで、自滅覚悟の攻撃を仕掛けるだけでも勝ちになってしまうのだから。

問題は、普通の戦いにはこんな反則的な条件はついていないことだが、賢者にはこの条件を一時的に実現する方法がある。

――マジック・ヴェール。

自身が受ける身体的なダメージを、魔力によって肩代わりするスキルだ。

これを発動している間、俺は一度攻撃を受けるたびに大量の魔力を消費することになるが……代わりに、魔力が尽きるまではほぼ無敵ともいえる防御力を得ることができる。

この魔法はとても燃費が悪く、『スチーム・エクスプロージョン』などが相手だと一撃すら耐えきれずに死ぬ可能性も低くないが……『ガードクラッシュ』1発程度であれば、ノーガードで食らったとしても、魔力を2割ほど削られるだけで済む。

それに対して……防御スキルなしで俺の剣を食らったゲイズ伯爵は、無事では済まなかった。


「がっ……！」


鎧の上からの一撃を受けて、伯爵はよろめいた。

クリティカルは発動しなかったため、伯爵を吹き飛ばすには至らなかったが……それでも十分すぎる隙だ。


「ファイア・ボム」

俺は伯爵に手を突きつけるようにして、攻撃魔法を発動した。

手から放たれた火の玉は、伯爵の頬をかすめるようにして飛んでいき、地面に着弾した。

今の魔法は当たってはいないが、当てようと思えば当たったのは明らかだ。


「……まだやるか？」


俺は呆然とするゲイズ伯爵に、そう尋ねる。

今は俺がわざと魔法を外したため、伯爵はまだ生きているが……もし俺が当てるつもりだったら、今の魔法が当たっていたことは明らかだ。

ここが戦場なら、伯爵はもう死んでいた。

伯爵だって、そのことは自覚しているだろう。


「いや、参った。降参だ」

そう言って伯爵が、剣を手から放した。

伯爵の剣が、カランと音を立てて地面に落ちた。

第六章

「先ほどの戦い……俺の剣がまったく通らなかった。あれは魔法か？」

「ああ。情報が漏れるとまずいから詳しいことは言えないが……俺が使う防御魔法の一つだ」

「……防御魔法は色々と見てきたが、私の『ガードクラッシュ』を完全に無力化するほどのものは初めて見た。……少数の軍でゲオルギス枢機卿を倒したというのも頷ける」


そう言ってゲイズ伯爵は剣を拾い上げ、鞘へとしまい……あたりを見回した。

周囲には伯爵の敗北を見ることになった沢山の兵士達が、呆然とした表情になっていた。

この様子を見る限り、兵士達は伯爵の勝利を疑っていなかったようだ。


そんな兵士達に向かって、伯爵は声を張り上げる。

「全軍に通達する！　見ての通り、私はエルド騎士団長殿に敗北した！　決闘の取り決めに従い、ライジス奪還はエルド騎士団長殿の王立臨時特設騎士団にお任せする！　本日の夜襲は中止だ！」

「「はい！」」

伯爵の言葉を聞いて、周囲の兵士達は躊躇(ちゅうちょ)なく応(こた)えた。
それから兵士達は先ほどの戦いを見ていなかった者達に夜襲の中止を伝えるために、あちこちへと散らばっていく。
どんな命令であろうとも、命令一つで全軍が動く……集団としての完成度の高さを感じさせる動きだ。
こういうのが役立つ戦場でなら、ゲイズ伯爵の軍は強いんだろうな。

「ところでエルド騎士団長殿、我々もエルド殿の軍勢……王立臨時特設騎士団に加えてはもらえませんか？」

夜襲の中止命令が全軍に広まるのを見ながら、ゲイズ伯爵がそう尋ねた。
いつの間にか口調は敬語になり、俺の呼び方も『エルド』から『エルド騎士団長殿』に変わっている。

……どうやら国王が言っていた通りの、『強い奴が偉い』みたいな思考の持ち主のようだ。

「騎士団に加わると、どうなるんだ?」

「もちろん私も含め、全員がエルド騎士団長殿の命令に従って戦います。どのような命令であっても、逆らうつもりはありません」

ふむ。戦いに参加させてほしいとかいうよりは、完全に傘下に入るということか。

しかし、傘下に入られてもそれはそれで扱いが難しそうだな。

そもそも王立騎士団って、勝手に増員していいんだろうか。

……うーん。権力とか手柄とかに興味がある奴ならともかく、俺にとっては不要な話だな。

政治がどうとかは、メイギス伯爵達に押し付けることにしているし。

「悪いが、騎士団の人数を増やすつもりはない。今の人数で十分だ」

「……エルド騎士団長殿とは比べ物にならないほど弱い軍ですが、数というのは力になる面もあります。我々は民のために、この命を捧げてでも……」

「スチーム・エクスプロージョン」

俺は返事の代わりに、『スチーム・エクスプロージョン』を発動した。

もちろん誰もいない場所——俺達の頭上に向かってだ。

轟音とともに爆炎が広がり、一瞬遅れて爆風が届く。

空に向かって撃ったため、地上の人間に危害が加わるような爆風ではないが……その威力を理解させるには十分すぎるほどの爆風だ。

集団戦の戦場でこの魔法を放てば、一撃で数百人……下手をすれば数千人単位の被害が出る。

戦いに慣れているゲイズ伯爵だからこそ、そのことはよく分かるだろう。

「……先ほどの戦いでは、手加減をしていたのですか？」

「いくらなんでも、味方の騎士をこんな魔法で吹き飛ばすわけにはいかないだろ。殺さない程度になんて加減が利くような魔法でもないしな」

「配慮に感謝します。……数がいても意味がないという理由がよく分かりました。確かに我々がエルド騎士団長殿の軍勢に加わっても、足手まといにしかならないようです。……ですが、もし我々の力が必要になった時には、遠慮なく言ってください」


どうやら分かってくれたようだ。

まあ、厳密に言えば人数がいればいるで、ちょっとだけ戦いやすくなる手段はあるのだが……大勢の人間を捨て駒にして戦うようなやり方は、色々と弊害が大きいからな。

それ以外に勝つ手段がないのならやるかもしれないが、普通にやって勝てる可能性の高い相手に使うような手段ではない。

ゲイズ伯爵の助力を得るのは、よほど状況が悪くなった時だけだろう。

……まあ、ゲイズ伯爵の部隊なしで勝てない相手に、彼の部隊……この世界の基準での『兵士』としては優秀でも、スキルを使った戦闘の素人達が加わったところで、勝てるようになる可能性はそう高くないが。

「俺達は機を見計らってライジスを奪還するが、お前達はどうする？」

「反撃の役目はエルド騎士団長殿にお任せできるようなので、我々は部隊を分割して各所の守りに回ろうと思います。多くの街を守るには、人手が必要ですから」

……いい判断だな。

彼らが周辺の街の守りに回ってくれるなら、俺達はライジス奪還に専念できる。

まあ俺にとってライジスという街はただの通過点で、本当の狙(ねら)いはライジス活火山なのだが。

「もし襲撃を受けたら、俺に連絡してくれ。場合によっては援軍に行く」

「ありがたい申し出ですが……どのように連絡をとればいいですか？」

「どの支店でもいいから、マキシア商会に要件を伝えてくれればいい。エルドに連絡だと言えば伝わる」

「……なるほど、マキシア商会の情報網ですか。噂には聞きましたが、まさか戦場にまで対応しているとは……」


俺の言葉を聞いて、ゲイズ伯爵が感心した様子を見せた。

厳密に言えばマキシア商会の情報網を通すのは近くの街までで、そこから先はメイギス伯爵軍が連絡をつなぐことになっているのだが……まあ、そのあたりまで言う必要はないだろう。

ゲイズ伯爵は信用できる人物に見えるが、知る者が増えれば増えるほど、情報が広まる可能性は高くなる。

知る必要がない軍事機密など、教えられるほうも迷惑だしな。

ライジスを奪還するタイミングをぼかして伝えているのも、同じ理由だ。

「連絡の件、了解しました。……ライジスをよろしくお願いします」

「ああ。任された。国王の命令でもあるしな」

こうして俺達は、ライジスを奪還することになった。

……国王の『好きなようにしろ』という命令が、さっそく役に立ってしまったな。

◇

翌朝。

俺はメイギス伯爵軍とともに、ティアグラの近くの森に集まっていた。

移動の疲れや魔力消費も回復したので、さっそくライジスを奪い返しに行こうというわけだ。

「手はずは事前に説明した通りだ。各自、持ち場についてくれ。それと……戦闘区域には絶対に近付かないでくれ」

「「「はい！」」」

そう言って伯爵軍の仲間が、森の中に散らばっていく。

一旦(いったん)は別れるが、彼らには彼らの役目がある。

「エルドさんも、お気をつけて」

「ああ。バックアップはよろしく頼む」


そう言って俺はサチリスと二人で、ライジスのほうへ向かって歩き始める。

実際にライジスに踏み込むのは、俺だけだ。

何があろうとライジスには近付かないように、仲間には厳命してある。


これは、想定される敵の構成の中で、最も厄介なパターンに対処するための決まりだ。

正直なところ、相手がただの賢者……『サンド・ストーム』を使えるだけの賢者であれば、他の戦い方もある。

警戒しているのはどちらかというと、覚醒システムを使った者が敵にいる可能性だ。


覚醒システムを使った相手に、通常の戦闘の常識は通用しない。

そいつの職業にもよるが、厄介なのはどの職業でも変わりはない。

賢者という職業は他の職業と比べれば圧倒的な性能を持つが、覚醒した者とそうでない者の間にある差は、賢者と他の職業の差より大きいくらいだ。

ちなみに、覚醒した職業同士を比べると、最も強いのは賢者なのだが……敵に覚醒した賢者がいる可能性は、そう高くない。

というか上位職……今の世界でいう『特殊職』が覚醒をしている可能性は低いだろう。

それは通常職の覚醒には『天啓の石』が1つあればいいのに対して、特殊職の覚醒には『天啓の石』が2つ必要になるからだ。

『天啓の石』は貴重品だ。いくら帝国といえども、簡単に入手できるようなものではないだろう。

であれば、上位職を1人覚醒させるよりも、通常職を2人覚醒させたいと思うのが、普通の判断になるはずだ。

覚醒した賢者は強いが、戦い方をちゃんと分かっていない場合は覚醒した通常職を2人揃えたほうが強いし、1人しかいないと事故や病気で死んだ時に困るからな。

もっとも、そもそも帝国が『天啓の石』を入手していなかったり、1つしか持っていなかったりする可能性も高いのだが。

そんなことを考えつつ進んでいくと、サチリスの声が聞こえた。

『エルドさん、ライジスまであと1キロです』

『了解。サーチ・エネミーに反応はあるか?』

『今のところ見つかりません。見つかったら報告します』

『頼んだ』

サチリスは俺に通信魔法が届くギリギリの距離の場所に潜み、サーチ・エネミーで得た情報を伝える役目だ。

同時に、ライジスの周囲に散らばった仲間達の間の情報を仲介する役目も持っている。

これで敵は、俺の存在を認識した瞬間に『サーチ・エネミー』によって居場所を特定されるというわけだ。

まあサーチ・エネミーが必要になるのは、敵が極(きわ)めて遠くにいる場合と、ライジスに人質がいることが予想される場合だけなのだが。

サーチ・エネミーの利点は、敵味方の区別がつくことと効果範囲が広いことだからな。

ただ人間がいる場所を探すだけなら、賢者のスキルのほうが使いやすい。

「マジック・サーチ」

探知魔法を発動すると、ライジス内の魔力反応の様子が分かった。
魔力反応は3つ……それぞれ200メートルほどの間隔をとって、正三角形の陣形を組んでいる。
位置関係や数からすると、人質などではなく全員が敵だろう。

そんなことを考えつつ俺は、ゲイズ伯爵にもらってきた地図を広げる。
ライジスの街の建物構成などを示す地図だ。
それと魔力反応を照らし合わせると……。

「地図が正しければ、全員屋内だな」

一人も外に出ていないということは、狙撃(そげき)などを警戒したのだろうか。
狙撃対策くらいなら、魔力消費の少ないタイプの結界魔法で十分なのだが……それを敵が知らないとしたら、これは少し戦いやすくなるかもしれない。

地図を見る限り、敵が隠れている家はさほど大きくない。

つまり、建物ごと吹き飛ばせる。

流石(さすが)にまとめて倒せるほど密集しているわけではないが、3人いる敵が2人になるだけでも大きい。


不意打ちというのは襲撃する側が持つ数少ない強みの一つなのだから、最大限に生かして戦いたいところだ。

そう考えつつ俺は、『魔力隠形(おんぎょう)』を発動した。


この魔法は魔力をまったく消費せず、自分の姿を隠すことができる魔法だ。

走るような激しい動きをしたり、魔法を使ったりすると解除されてしまうが……不意打ちの補助としては十分だろう。


『ライジスへの潜入を開始する』

俺はサチリスにそう告げて、さらにライジスへの距離を詰める。
地図が正しければ、もう背の高い建物……教会などは見えてもおかしくない位置だ。
だが……森の端あたりまで来ても、まだ建物らしい影は見えない。
さらに近付くと、ライジスの様子が分かってきた。
いや、今はもう『ライジスだった場所』というべきか。

第七章

（……そう来たか）


地図の場所に、街はなかった。

代わりにあったのは、まっさらな土地と、ところどころに積まれた瓦礫の山だ。

もらった地図では建物と書かれていた場所も、当然のごとく更地になっている。


連中はライジスの街を破壊し尽くし、更地へと変えたというわけだ。

わざわざ街を占領しておいて、壊した理由はいくつか思いつくが……死角を潰したかったのかもしれないな。

街をそのまま残せば敵が隠れる余地もあるが、ただの平地なら隠れる場所などない。


そして……魔力反応があった場所には、敵と思しき男達が座っていた。

装備からすると恐らく魔法使い系……賢者である可能性が高いだろう。

３人が背中合わせになるように、街の外を監視している。

そんな男達のうち一人に向かって、俺はゆっくりと歩いていく。

俺と男の間には、なんの遮蔽物もない。

敵が魔力隠形を見破っているとすれば、すでに気付かれて当然だが……。


『サチリス、街の中に敵の反応はあるか？』

『いえ、今のところはありません』


まだ『サーチ・エネミー』には引っかかっていない……ということは、敵は俺の存在に気付いていないようだな。

魔力隠形はただ歩くだけでも効果が落ちるため、見破り方を知っていれば分かるのだが、敵が魔力隠形を使ったところは見たことがないので、この世界では魔力隠形も知られてはいないのかもしれない。

敵意まで消すタイプの魔法ではないので、『サーチ・エネミー』を使える敵がいれば一瞬でバレる魔法でもあるが、それも使われていないようだな。

とはいえ、隠蔽魔法を使った不意打ち対策自体はされているようだが。

『部隊に伝えてくれ。街の建物は全て壊されていて、ただの更地だ』

『はい。……遮蔽物がないということは、狙撃も選択肢に入りますか？』

『いや……大型結界が張られている。流石に対策されてるな』

敵の周囲には、それぞれ数十メートルもの大きさの結界が張られている。

結界自体の強度はかなり弱く、防御としての性能はそう高くないが……そもそも遠距離狙撃魔法というものは基本的に、あまり貫通力が高くない。

高威力な魔法はいくつかあるが、着弾地点で爆発するような魔法がほとんどのため、こういった大型結界を使われてしまうと、爆風が敵に届かないのだ。

これだけ大きい結界をまともな強度で展開し続けようとすると、それだけで多大な魔力を消費する。

だから、この結界の強度は最低限に抑えられている。

攻撃自体を結界で防ぐというよりは、距離を使って威力を減衰させるような結界だな。

スチーム・エクスプロージョンなどの攻撃魔法も、結界の外側からしか発動できないため、この大きさの結界越しだと一撃で倒すほどの威力にはならない。

『大きくて弱い結界』というものは、不意打ち対策としてはそれなりに有効なのだ。割るのは簡単だが、割られた時点で気付くことができるからな。


高威力の遠距離狙撃魔法を使える奴が大勢いるなら、矢の雨を降らせるような形で無理矢理の狙撃はできるのだが、着弾のタイミングを完全に合わせなければ2発目以降は不意打ちにならないし、そんなことができるような専門の狙撃兵などメイギス伯爵領にはいない。

そもそもメイギス伯爵軍は、こういった戦いのための訓練をしている軍ではないからな。

魔物と戦うために作った軍を無理矢理対人戦で使っているだけなので、そんな特殊な技術を習得していないのは当然ともいえる。


とはいえ、完璧な対策とは言い難いが。

（……とりあえず、1人減らすか）

俺は『魔力隠形』が解けないようにゆっくりと歩き、敵の背後へと回り込む。

結界は敵を囲むように展開されているため、回り込んだところで魔法を直接打ち込めるわけではないが、相手の反応を遅くすることはできる。

そして俺は結界に向かって剣を振り抜いた。


低強度な結界はクリティカルなしでも簡単に砕け散る。

すると——結界が砕けるのとほぼ同時に、敵は椅子を蹴って飛び退いた。

急な攻撃に対する反応としては悪くないが……こういった動きが有効なのは、生身の人間が回避できるような魔法ならでの話だ。


「スチーム・エクスプロージョン」


俺が魔法を唱えると同時に、爆炎が立ち上った。

生死を確認するまでもない。

至近距離から『スチーム・エクスプロージョン』を受けて生き残る方法など、俺も知らない。

マジック・ヴェールでも無理だ。

とはいえ、これで残りの2人には当然気付かれた。

あとは正面からの戦闘になるな。

そう考えていると、サチリスから連絡が入った。

『サーチ・エネミーに反応。ライジス内部に2つ、山頂付近に3つです！』

『了解。山頂に動きがあったら教えてくれ』

ライジス内部のサーチ・エネミー反応が2つということは、今の不意打ちを受けた奴はやはり倒せていたようだな。

街の中に2人というのも予想通り……いや、むしろ敵の伏兵がいないだけ、やりやすいパターンともいえる。

唯一気になるのは、山頂にも敵がいるというあたりか。

ライジス活火山の山頂は、覚醒(かくせい)システムを利用するのに最適な場所だ。

そこを押さえているということは、やはり敵は覚醒システムに気付いているのだろう。

そこまで考えたところで――敵の声が聞こえた。

「サンド・ストーム！」

敵が発動した魔法は、事前情報から予想していた通りの『サンド・ストーム』。
俺が使う『スチーム・エクスプロージョン』に近い攻撃範囲と、俺を一撃で殺せる威力を兼ね備えた魔法だ。

俺はマジック・ヴェールを使っているため、数秒間は耐えられるが……サンド・ストームの持続時間は数十秒にも及ぶ。
走って脱出すれば生き残ることができるかもしれないが、それと引き換えに俺は魔力をほとんど削り取られ、反撃すら不可能な状態となるだろう。

かといって、他の防御魔法で生き残れるほど『サンド・ストーム』は甘くない。
広範囲を攻撃するタイプの魔法は、そもそも持っているエネルギー量が大きすぎる。
結界系の防御魔法など、あっという間に砕かれて終わりだ。

そうなる前に俺は、用意していた魔法を発動した。

「マジック・ウィング」

これは短距離を飛び、移動する魔法だ。

サンド・ストームのような範囲攻撃型魔法には、発動後に位置を調整できないという弱点がある。

発動するタイミングで避けてしまえば、追いかけてくるようなことはないというわけだ。

敵の『サンド・ストーム』は確かに攻撃範囲の広い魔法だが、それはあくまで攻撃魔法として見た場合の話だ。

数十メートルの範囲を焼き払える魔法はあっても、百メートル単位の範囲を破壊できる魔法などほとんどない。

そして、敵が『サンド・ストーム』を使った距離は有効射程ギリギリ……俺を攻撃範囲の中心で捉(とら)えるようなものではなく、攻撃範囲の端になんとか俺が入る程度の発動位置だ。

『サンド・ストーム』の弱点として、発動の遅さがある。

この魔法は数十秒間も持続する代わりに、唱えてから威力を発揮するまでに数秒のタイムラグがあるのだ。

高速移動に特化した魔法を使えば、その間に範囲から出ることはそう難しくない。

結果として『サンド・ストーム』が発動した頃に俺は、その攻撃範囲の数メートル先にいた。

俺はそのまま砂嵐の横に回り込み、２人の敵の姿を捉える。

「馬鹿げた威力の爆発魔法……敵は最上級警戒対象『エルド』だ！　作戦通りに行くぞ！」

「くそ……この魔法を初見で避けるのかよ！　噂以上の化け物だな！」

俺が魔法を避けたのを見て、敵の２人がそう叫んだ。

どうやら敵は俺のことを事前に知っていた……というか、最上級の警戒対象にしていたらしい。

俺に対する専用の作戦まで用意されているようだが、それがどこまで通用するかは見ものだな。

（もう1人は……撃ってこないか）

『サンド・ストーム』を回避した俺は、まず敵の出方を窺うことにした。

向こうが専用の対策を用意してきている以上、俺だけが敵を何も知らないまま戦うのは、結構な不利を背負うことになるからな。

俺はこいつらに関して『最低1人、サンド・ストームを使う奴がいる』ということ以外何も知らないに等しいので、もうちょっと情報が欲しいところだ。

敵の数は残り2人……装備を見る限りは、両方とも賢者だな。

だが、そのうち『サンド・ストーム』を使ってきたのは、片方だけだった。

俺が使った『マジック・ウィング』の移動距離は、そう長くない。

もう1人の賢者も『サンド・ストーム』を使えるとすれば、着地地点に2発目の『サンド・ストーム』を撃つのは難しくなかっただろう。

そして……敵が2人とも賢者だとしたら、片方しかサンド・ストームを使えない可能性は低い。

『サンド・ストーム』には確かに面倒な習得条件があるが、条件を知っていて環境さえ用意できれば、習得のための修行自体はそう難易度の高いものではない。

帝国兵のうち1人が習得している……つまり帝国が習得条件を知っているのならば、賢者はほぼ全員が『サンド・ストーム』を使えると考えて間違いないはずだ。

にもかかわらず、敵は使ってこなかった。

これは恐らく、俺を警戒しているからだろうな。

俺の『スチーム・エクスプロージョン』と同じく、『サンド・ストーム』も再発動までに時間の必要な魔法だ。

その発動間隔は60秒……『スチーム・エクスプロージョン』と全く同じだ。

もし敵が2人とも『サンド・ストーム』を使い、俺がそれを回避することに成功した場合、敵が次の『サンド・ストーム』を撃てるようになるより先に、俺の2発目の『スチーム・エクスプロージョン』が飛んでくることになる。

それまでに他の魔法で俺を倒せれば問題はないが、俺がただ『スチーム・エクスプロージョン』を撃てるようになるまで生き残ればいいのに対して、それまでに俺を仕留めなければならない敵は圧倒的に不利だ。


『スチーム・エクスプロージョン』と『サンド・ストーム』。

この2つの魔法が敵を殺傷できる間合いは、ほとんど同じだ。

スキルレベル1同士での比較なら『サンド・ストーム』のほうが有利だが、俺の『スチーム・エクスプロージョン』はレベル2だからな。

攻撃範囲の狭さを、威力による力技で補うことができるというわけだ。


確かに『サンド・ストーム』は回避が可能な魔法だが、それは安定した状況で回避に専念できる場合の話だ。

『スチーム・エクスプロージョン』による爆風の中を『マジック・ウィング』で飛ぶことはできないし、そもそも『スチーム・エクスプロージョン』と同じタイミングで『サンド・ストーム』を撃たれると、飛行による回避自体が間に合わない。

つまり、敵の撃ち方が魔法を温存している限り、俺が一方的に敵を殺傷できる間合いは存在しないということになる。

だが敵が魔法を外した場合、俺は『スチーム・エクスプロージョン』の再使用が可能になったと同時に距離を詰め、敵を吹き飛ばすことができる。

『スチーム・エクスプロージョン』は『サンド・ストーム』と違い、発動から威力発揮までが一瞬だ。たとえ移動系の魔法を使ったところで、爆風から逃れることはできない。

そうなれば敵のうち最低でも片方は死亡……運がよければ生き残れるかもしれないが、戦える状態ではなくなる。

そういった状況になることを避けるために、2人のうち片方の『サンド・ストーム』は温存し、1人目が『サンド・ストーム』を再発動できるようになるのを待っているのだろう。

そして、それを待つ間に――。


「スティッキー・ボム」

「スティッキー・ボム」

敵の2人が同時に魔法を放ち、そのうち片方――『サンド・ストーム』を使っていないほうが距離を詰めてきた。

俺が『スチーム・エクスプロージョン』を使った直後である今なら、距離を詰めても問題ないという判断だろう。

敵が俺に向かって歩くのと同じ速度で後退すれば、距離を保つことはできる。

それを防ぐためか、敵の『スティッキー・ボム』は俺の退路をふさぐように発動されていた。

『スティッキー・ボム』の効果範囲はそこまで広いわけではない。

避けようと思えば、簡単にそれを避けて後退できる。

敵も俺に『スティッキー・ボム』を踏ませるというよりは、俺が『スティッキー・ボム』を避けるために足元を確認する瞬間の隙か何かを狙うために『スティッキー・ボム』を撃ったのだろう。

先ほどの『サンド・ストーム』は射程ギリギリで撃っていたため、俺は効果範囲の端のほうにいた。

だからこそ簡単に回避ができたのであって、距離を詰めてから発動されれば、回避は難しい。

俺はそれを理解しつつも、後退はしない。

ただ敵からの攻撃魔法の的を絞りにくくさせるために、左右にゆっくりとステップを踏むだけだ。

もう少しで『サンド・ストーム』の射程に入るが、それでも後ろには動かない。


「スティッキー・ボム」

「スティッキー・ボム」


すると、敵がまた魔法を放った。

今度は俺の側面――横に揺れるステップを封じるような位置にだ。

俺はそれを見て、罠を踏まないように少し動きを止め――それから、右側面の『スティッキー・ボム』を飛び越えた。


――その直後、ドンッという音とともに、先ほどまで俺がいた場所に煙が立ち上った。

煙は風によってすぐに吹き散らされたが……そこには直径1メートルほどの、小さなクレーターができていた。

もし、あのクレーターを作った『何か』が俺に直撃していたら、命はなかっただろう。

もちろん、こんな丁度いいタイミングでたまたま、俺の頭上に隕石が落ちてきたなどという話ではない。

これは敵の攻撃——魔法による奇襲だ。

とはいっても、いま目の前にいる敵によるものではないが。

「やっぱりな」

俺はそう言って、今の攻撃を放った相手のほうを見る。

つまり、ライジス活火山の山頂を。

「……ここからじゃ分からないな」

ここから山頂までは、直線距離で軽く10キロはあるだろう。

俺の視力は、そんなに遠くにいる人間を見分けられるほどよくない。

望遠鏡でも使えば別だが、まさか戦闘中に遠くを観察するわけにもいかないだろう。

だが俺は、今の一撃が山頂から飛んできたものだと確信していた。

『サチリス、サーチ・エネミーの反応は？』

『先ほどと同様、ライジス内部に2、山頂付近に3です』

『分かった。部隊の全員に、山頂から見えるような位置で立ち止まらないことを徹底させてくれ。移動もなるべく山頂から見えない位置にするんだ。狙撃が来る。当たればほぼ即死だと思え』

通信魔法を通して、息を呑むような声が伝わってきた。

10キロ以上先から、当たれば即死するような狙撃が飛んでくる……そんな話は、信じたくもないだろう。

いくらスキルを使った戦闘に慣れていても……いや、慣れているからこそ、10キロもの距離での狙撃など非現実的にしか感じないはずだ。

長距離の狙撃には通常、魔法や矢が使われる。

だがそれは、せいぜい１キロ程度の距離での話だ。

魔法は速いものだと時速１００キロほどの速度で飛ぶが、それでも１キロもの距離を飛ぶには30秒近くもかかる。

これでは、いくら頑張って狙いをつけたところで当てるのは難しい。届く前に相手が移動してしまうからだ。

完全な不意打ちなら、30秒くらいはなんとかなるかもしれないが……10キロの狙撃となると、届くまでに３００秒――つまり５分もかかる。


いくら優秀な狙撃手がいても、『敵が５分後にどこにいるか予想して、魔法を当てろ』などと言われれば困ってしまうだろう。

それはもう狙撃手ではなく、占い師の仕事だ（そして残念ながらＢＢＯには、狙撃に使えるような占いのスキルなど存在しない）。

それに対して、弓矢は弾速が速い。

使うスキルによっては、秒速１００メートル……時速３６０キロ近い速度を出すことができる。

距離1キロでは、敵に届くまでに10秒程度。これなら当てるのは現実的だろう。

しかし10キロとなれば、これも所要時間100秒……1分半近くかかる。

その上、矢は魔法と違って空気抵抗や風などの影響を受けるため、真っ直ぐ飛ぶとは限らない。

距離1キロでは誤差数十センチ程度の射撃が可能なスキルもあるが……距離10キロではメートル単位の誤差になってしまう。

これでは狙撃というより、まぐれ当たりに期待することしかできない。


さらに言えば、当たったところで敵を殺すことはできないだろう。

矢も魔法も、的があまりにも遠すぎれば威力は減衰し、その殺傷力を失っていく。

10キロもの距離を飛んだ矢や魔法など、たとえ頭に当たったとしても、人を殺すような威力など残っていないのだ。


つまり、10キロ近い距離での狙撃というのは、あらゆる意味で現実的ではない。

これは魔法戦闘における常識だ。

高レベルのスキルにも、この距離の壁を打ち破るスキルは存在しない。……たった一つの例外を除いて。

その例外が、魔法使いが覚醒システムによって発現するスキル『エーテル・カノン』だ。

この魔法の弾速は音速を軽く超え、通常の距離……1キロ以内では、ほぼ発動と同時に着弾する。

距離10キロでも、発動してから数秒もあれば着弾——それも弓などとは違い、風などの影響を受けずに直線で目標に届くのだ。

距離による威力減衰もほとんどないため、この距離でも人を殺せる——それどころか、硬い地面にすらクレーターを作れるような威力を維持できる。

そんな魔法を、人の姿すら見えるか怪しい距離で狙った場所に着弾させられるという時点で、この狙撃魔法の異常性がよく分かる。

覚醒した魔法使いから視認できる場所で立ち止まることは、すぐさま死につながるというわけだ。

恐らく敵が言っていた『エルド対策』とやらは、『エーテル・カノン』による山頂からの狙撃のことだったようだ。

わざわざ建物を全て壊して街を更地に変えたのも、狙撃用の視界を確保するためだろうな。
山頂の敵の魔法使いは望遠鏡か何かでこちらを見ながら、狙撃のタイミングを窺っていたのだろう。

「かわされた……⁉」

「な、なぜ気付ける⁉」

狙撃魔法をかわされたのを見て、敵が驚きの声を上げた。
『サンド・ストーム』を使う賢者を表向きの主力に据え、それで対処ができない相手は狙撃する……。
作戦自体は悪くないが、詰めが甘かったな。

確かにあの魔法は『マジック・ヴェール』でも耐えきれない威力だし、狙撃が当たっていれば俺は死んでいた。
だが……遠距離からの狙撃が有効なのは、狙撃対象が狙撃に気付いていなければの話だ。

連中の動きは、あまりに分かりやすすぎた。

先ほどの『スティッキー・ボム』の使い方は、相手に『これから狙撃するから、移動しないでくれ』と言っているようなものだ。

あれに引っかかるのは、『エーテル・カノン』の存在自体を知らない奴くらいのものだろう。

「……完璧だったはずだ、俺の隠蔽攻撃魔法のタイミングは！」

なるほど、自分が狙撃したということにして、山頂からの狙撃だと気付かせない作戦か。

すでに気付かれているというのに、ご苦労なことだな。

そう考えつつ俺は、左右への移動を再開する。

たとえエーテル・カノンであろうとも、着弾までには数秒かかる。避けるには十分な時間だ。

狙撃というものは、一発で決めなければ効果を発揮しない。

切り札として使いたいのであれば、もっと一発で決められるような状況をつくるべきだったのだ。

攻撃魔法『エーテル・カノン』の発動間隔は、最短でおよそ10秒。

2発目以降もすぐに飛んでくるだろうが、動く的に簡単に当てられるほど『エーテル・カノン』の攻撃範囲は広くない。

俺の動きを見た敵が、どこに弾を撃ってくるかを予測すれば、避けるのは全く難しくない。


「さて……仕掛けはもう終わりか？」


俺はそう敵に尋ねながら、前へと歩き始める。

すでに距離は『サンド・ストーム』の射程内……『マジック・ウィング』による回避が可能な距離とはいえ、このまま距離が詰まれば回避は難しくなっていく。

『サンド・ストーム』の射程に俺が入っているということは、敵も俺の『スチーム・エクスプロージョン』の射程に入っているということだ。

だが当然ながら、次の発動にはまだ時間が必要だ。

前回の発動からおよそ25秒。

次の発動には、あと35秒ほどの時間が必要だ。

直前に発動した魔法を再度発動する『デュアル・キャスト』という魔法はあるものの、あれは発動後5秒程度までの魔法にしか効果を及ぼさない。

　さらに言えば、俺は『スチーム・エクスプロージョン』の後に『マジック・ウィング』を発動しているため、時間と関係なく再発動はできない。


　だが、相手はそれを知らない。

　だから俺は、あえて使える……あるいは、あと少しで使えるふりをした。


　そんな俺の様子を見て、敵の表情に警戒の色が濃くなった。

　もし俺が後退すれば、敵は俺がまだ次の『スチーム・エクスプロージョン』を撃てない可能性が高いと考えるだろう。


　だが敵が近付くのを黙って見ているということは、『サンド・ストーム』を使える相手に距離を詰めさせても問題ない理由……例えば『スチーム・エクスプロージョン』の再発動などの隠し玉があるのではないか。

　そういう疑いを、敵が抱くことは間違いない。

　実際のところ俺は『スチーム・エクスプロージョン』の発動などできないのだが、そう錯覚させることはできるのだ。

敵は恐らく、『スチーム・エクスプロージョン』の正確な攻撃範囲や、再発動までの間隔を知らない。

だが、俺が今まで帝国側の人間と戦った時の情報が伝わっているとすれば、大体の予想はついているはずだ。

俺は『スチーム・エクスプロージョン』の再発動に必要な時間を読まれないために、あえて1分ちょうどでは『スチーム・エクスプロージョン』を使わないようにしていた。

再発動時間を短く錯覚させるのは難しいが、長く錯覚させることはできる。

実際は60秒である再発動時間を80秒だと思わせることができ、相手が勘違いして射程内に留(とど)まってくれれば、それで決着がつく。

だからこそ敵も、今までの戦いから推定した『スチーム・エクスプロージョン』の発動時間が間違いではないかという恐れは持っているはずだ。

なにしろ推定の根拠は『エルドは今まで、80秒以内に『スチーム・エクスプロージョン』を発動しなかった』というものだけで、実際の再発動時間が60秒や30秒……下手(へた)をすれば再発動時間などなく、単に俺が連続発動を控えていただけだという可能性すらあるのだから。

——そして、その恐れは現実のものになった。

「スチーム……」


前回の発動から、わずか30秒。

俺は連中の予想よりはるかに早く、魔法の詠唱を始めたのだ。

予想していなかったタイミングでの詠唱だが、敵の反応は早かった。

地面に伏せ、頭を守り、爆風の来る方向に最大強度の防御魔法を展開する。

爆発から身を守るための動きとしてはお手本に近い。俺と戦うことを想定して、訓練でもしていたのかもしれない。

結果として彼らは2人とも、俺の詠唱が終わる前に防御態勢を構築することに成功した。

発動しない攻撃魔法に対する、防御態勢を。


「エクスプロージョン」

俺は魔法を最後まで唱えながら、横に転がった。

その直後、俺がいた場所に『エーテル・カノン』が突き刺さった。

やはり、分かりやすいタイミングの狙撃だ。

こんなものが当たると思われているのなら、随分と舐められたものだな。

戦闘中の狙撃というのは、狙いが読まれないタイミングでやるものだ。

例えば……こんなふうに。


「があああああぁぁぁ！」


俺が転がった直後、敵の一人が絶叫を上げた。

その背中には、１本の矢が刺さっている。

先ほど俺が『スチーム・エクスプロージョン』を撃つふりをしたのは、相手にそれを『防御させる』ためだ。

魔法がブラフだということはすぐにバレるが、その頃にはもう矢は敵に届く。

防御のために身を固めた姿勢など、頭上から降る矢にとっては格好の的でしかない。

「狙撃っていうのは、こうやって決めるんだ」

適切なタイミングさえつくることができれば、狙撃にそこまで高性能な魔法は必要がない。

ただ街の周囲の森に潜ませた弓使いに、敵の位置を伝えるだけで十分だ。

サチリスの『サーチ・エネミー』があれば、俺自身はそれを伝えることすらしなくていいくらいだ。

狙撃用の矢は威力より防御魔法を貫くことを重視しているため、あまり深く刺さってはいない。

当然、敵を即死させるような威力はないが……代わりに麻痺（まひ）毒と、受けた者に対して激痛を与える毒が塗られている。

敵の動きを止めるには、これで十分だ。

「ファイア・ボム」

敵は俺の魔法を避けることもできずに、炎によって焼き尽くされた。
これで残り一人だ。

「……運がいいみたいだな」

残った敵の周囲には、何本かの矢が刺さっている。
だが敵自身には、1本も当たっていなかった。

メイギス伯爵軍に、専門の狙撃兵はいない。
だから、とりあえず遠距離攻撃スキルを持った者に、一斉射撃してもらったのだ。
2人のうち片方に当たっただけでも、上出来といったところだろう。

『1本命中だ。訓練をしていないから当たり前だが、狙撃の精度にはまだ課題があるな』

『……すみません、私も外したような気がします……』

『近くに落とせただけで上出来だ。狙撃向きの立ち位置じゃないからな』


俺は今後に生かす意味も兼ねて、通信魔法で狙撃の結果を伝えておく。

ちなみにサチリスの予想通り、彼女の矢は外れている。

まあ、サチリスの位置取りは連絡係としての役目を果たすものなので、狙撃のために移動していた者達に比べて不利なのは当然だろう。


……今後もこういった狙撃が必要になる場面があるかもしれないし、何人かに遠距離狙撃の訓練を施しておいたほうがいいかもしれないな。

スキルの性能は問題なくても、敵を視認できない距離での狙撃となると、通常の戦闘とは違ったテクニックが必要になってくる。

まあ、今回に関しては敵を1人減らせただけで、十分すぎるほどの成果なのだが。


「ひ、ひぃぃ！」


俺が距離を詰めると、敵は恐怖の表情で逃げ出した。

もはや戦意など全く感じない、ただの全力逃走だ。

狙撃は失敗し、2対1だった戦いも1対1に……こんな状況では勝ち目がないと思ったのだろう。

今日の敵の判断の中で、唯一正しいのがこの撤退判断だな。

まあ、逃げ切れるかどうかは別の話だが。


「デッドリー・ペイン」


俺はとりあえず『デッドリー・ペイン』を発動し、様子を窺う。

凄(すさ)まじい激痛によって敵の動きを止めるこの魔法は、防がれなければ一撃で勝負を決めてしまう性能がある。

この魔法は貫通力が皆無のため、敵が防御魔法を展開していればなんの効果も発揮しない。

敵の防御魔法が解けたタイミングまで温存しようと思っていたが、もうその必要もなくなったので、試しに撃ってみた。

だが……。

「やっぱり効かないか」

逃げる敵の背中に撃った『デッドリー・ペイン』は、何の効果も発揮しなかった。
俺への対策には、『デッドリー・ペイン』を防ぐ魔法を使っておくことも含まれていたわけだ。

まあ、それが分かっただけでも今『デッドリー・ペイン』を撃った価値はあったな。
敵が『デッドリー・ペイン』を知っているかどうかは、今後の戦いでも重要な情報だ。

「ファイア・ボム。フレイム・アロー。フレイム・サークル」

俺は逃げる敵に向かって、立て続けに攻撃魔法を放つ。
とはいえ、どれも避けるのは難しくない魔法だ。特に当てるための工夫もしていない。
すでに終わった戦いで、限りある手札を明かす必要はないからな。

「うわあああぁぁ！　マ、マジック・ガード！」

敵は闇雲に防御魔法を使いながら、一目散に逃げていく。

適当に走っているだけで、運良く俺の攻撃を避けられているようだ。

そして敵は、そのまま森の中に消えていった。


……それから数十秒後。

サチリスの通信魔法で、俺に連絡が入った。

『逃亡した敵の掃討が完了しました。やったのはディランです』


どうやら、終わったようだ。

確かに『サンド・ストーム』は厄介な魔法だが、ただ怯えて逃げ回っているだけの奴が、魔法をうまく使えるわけもない。

まして俺達は『サーチ・エネミー』などの探知魔法によって、敵の位置を一方的に把握しているのだ。


この状況で20人対1人の掃討戦をして、取り逃がすほうが難しいだろう。

俺が真面目に追撃をしなかったのは、これが理由だ。

『ご苦労。山頂から見られる位置で立ち止まらないよう気をつけながら撤退するぞ。……それとゲイズ伯爵に、ライジスの敵は倒したがまだ立ち入らないように伝えてくれ』

『分かりました』

こうして俺達はライジスから敵を排除することに成功した。

今のライジスは『エーテル・カノン』を使う狙撃手にとって格好の的なので、本当の意味での『奪還』はできないが……今のライジスは、もうただの更地だ。

ライジスだけを守る方法もなくはないが、それを急ぐ意味はあまりない。

どうせなら根本的な原因ごと……つまりライジスにいる敵を倒してしまうのがいいだろう。

貴重な『天啓の石』を使って覚醒した狙撃手は、帝国にとっても簡単に替えの利く存在ではないだろうしな。

『じゃあ、どこか狙撃を受けない場所を見つけて集合しよう。敵の正体がはっきりしたからな』

『はい！』

第八章

The Invincible Sage in the second world.

08

それから30分ほど後。

俺達はライジスの街と活火山のちょうど真ん中あたりにある窪地に集まり、ライジス活火山の地図を見ていた。


「ふむ……立てこもられると、攻めにくい地形だな」


俺は地形を観察しながら、そう呟く。

ライジス活火山の山頂は周囲をちょうど見渡せる、死角のできにくい地形になっている。

これでは山頂に近付こうとしただけで、『エーテル・カノン』の格好の的だろう。


山頂付近には木も生えていないため、隠れやすい場所もない。

1キロの狙撃ができるのは、不意打ちができる場合だけだ。

的に見つからずに撃てる死角もないとなると、敵に攻撃を届かせるにはかなりの近距離……

せめて100メートルか200メートルの位置まで行く必要がある。

だが、この距離だと『エーテル・カノン』は発動とほぼ同時に着弾することになる。

魔法というよりは、銃や大砲に近い代物だ。

いくら何でも、正面から距離を詰めにかかるのは分が悪い。

魔力隠形（おんぎょう）は、選択肢の一つとして使えないこともないが……あれはあれで、完璧な隠蔽（いんぺい）魔法とはいえない。

活火山のような不安定な地形では、ただ歩いているだけでも足場の石などが動き、相手が俺の奇襲に気付く手がかりを与えるだろう。

敵が1人だったり、森のような隠れやすい地形だったりすれば、それでも不意打ち成功の望みはあるが……敵が3人で山頂を固めているとなると、そういうわけにもいかない。

飛んできた魔法の数からして、山頂にいる3人のうち覚醒（かくせい）した魔法使いは1人だけだが……山頂という重要拠点を任されている以上、それ相応の精鋭が配置されているはずだ。

ただ強い者が集まっているという可能性もあるが、どちらかというと今の俺達のように、

1人の主力とそのサポートがついていると考えたほうがいいかもしれない。

強力なスキルを持つ者も万能というわけではないので、索敵面や防御面などといった、覚醒魔法使いが得意としない分野の専門家を側(そば)につけるのは自然だろう。

近接系など職業で覚醒した奴(やつ)がいるのなら、ライジス付近に送り込まれてもおかしくなかったはず。

そう考えると、覚醒システムを使った敵は1人だけの可能性が高いかもしれないな。

とはいえ、他に覚醒職がいる可能性も否定できないので、警戒は怠れないが。

そして不意打ちに関して、最も大きな障害となるのは……敵自身ではなく、敵がいるライジス活火山の環境だ。

これと同じく『活火山』という名前を持つ地形は地球にもあるが、地球の『活火山』とBBOの『活火山』は、まったくの別物だ。

この世界の火山は、ほんとうの意味で『生きている』。

一歩踏み込んだ瞬間、火山そのものが外敵の侵入を察知し、多くの敵をけしかけてくるのだ。

そして侵入者は、延々と湧き続ける敵の襲撃を受け続けることになる。

だが『活火山』の中にも襲撃の例外となる場所がないわけではない。

それが『聖域』と呼ばれる、活火山の中の安全地帯だ。


聖域は火山における対人戦では、絶好の位置取りだといえる。

なにしろ敵だけが魔物の襲撃を受け続ける中、自分は攻撃に集中できるのだ。

これほど有利な条件も、なかなかないだろう。


しかし当然ながら、『聖域』はどこにでもあるわけではない。

通常、活火山の中にある『聖域』は一つだけ——つまり、山頂だけだ。

敵は狙撃(そげき)に最適なだけではなく、活火山という特殊な環境も味方につけているわけだ。


そして……『聖域』には、安全地帯以外にも大事な役目がある。

——覚醒システムだ。


活火山の『聖域』と、職業によって決められた数の『天啓の石』。

この2つを揃(そろ)えることによって、覚醒システムが利用可能になる。

『覚醒システム』と『聖域』。

この2つを相手だけが持っているとなると、今の俺達が正面から戦うのは厳しいだろう。

たとえ敵が戦闘のテクニックに長けていなかったとしても、力技で解決させてしまう。

技術がどうとかいうレベルではない。適当に機関砲を乱射する相手に、竹槍では勝てないのだ。


ということで……。


「……とりあえず、聖域をつくるか」

聖域などの概要については、すでに部隊の仲間にも話してある。

敵の覚醒魔法使いが山頂を押さえている時点で、今のままの俺達では勝ち目がないことも。

「やっぱり、そうなりますか……」

「ああ。少々面倒ではあるが、なんとかなるだろう」

聖域は通常、山頂にしか存在しない。

だがそれは『通常の場合』の話だ。

活火山の中で儀式を行うことによって、聖域はつくることができる。

……そのためにはまず活火山の中に入って、火山と戦う必要があるのだが。

火山に出現する大量の敵と戦うためには『スチーム・エクスプロージョン』などの強力な魔法を使わざるを得ないが、そうすると確実に敵は、俺達がいる場所を知ることになる。

となると、飛んでくる狙撃を避け続けながら戦う必要があるわけだ。

流石（さすが）に骨が折れるが……他にもっとマシな作戦があるわけでもないので、やるしかないだろう。

「全員、魔力や体調に問題はないか？」

「「はい！」」

「よし。じゃあ行くぞ！」

こうして俺達は、いよいよライジス活火山に踏み入ることになった。

◇

それから1時間ほど後。
俺達はライジス活火山のふもとまで来ていた。

「これが、『境界線』ですか……」

そう言ってサチリスが、目の前の景色を見る。
そこにあった光景は、地球の火山などではまず見られないようなものだった。
火山のふもとの平地と、山の斜面の境目。
そこにはまるで城を守る堀のように、溶岩の池が広がっている。
これは別に、帝国が拠点を守るためにつくった人工物ではない。

活火山が、自らの周囲に張り巡らした防衛網。それがこの溶岩の池だ。

溶岩の池の奥には、一見普通の山が広がっている。

木の生い茂った、一見ごく普通の山だ。


だが……よく見るとその森の間を、溶岩の川が流れている。

そして木々は、高温をまとう溶岩川のほとりにも、平然と生えているのだ。

普通なら10秒後には山火事になることを心配しなければならない光景だが、木々はびくともしていない。

この森に生えているものは、全(すべ)てが『活火山』の体の一部なのだ。


木が生えているのは、俺達にとってはありがたいな。

もし活火山が岩山のようなものだったら、『エーテル・カノン』による狙撃を避けるのは今より格段に難しかっただろう。

山のふもとで俺達が話をしていられるのも、木々が視線を遮(さえぎ)ってくれるおかげだ。


「そういえば聞いてませんでしたけど……これ、どうやって森に入るんですか？　あんな距離を跳べるような飛行スキル、私は持ってませんよ？」


そう言ってサチリスが、溶岩の堀を見る。

堀の幅はおよそ10メートル……『マジック・ウィング』などのスキルがあれば跳び越えることはできるが、スキルなしでは跳び越えるのが難しい距離だ。

「ああ、入る時に心配する必要はないぞ。簡単に入れてもらえるからな」

そう言って俺は、火山の目の前まで歩いて行く。

すると……目の前に溶岩が噴き出したかと思うと、溶岩はすぐに冷えて固まり、火山につながる道になった。

俺はその道を踏み、体重をかけて安全を確認する。

「こ、これって……招き入れられてるんでしょうか」

「ああ。火山にとって外の生物は、栄養や魔力の源だからな。帰る時はともかく、入る時には歓迎してくれる」

「そう見せかけて、急に橋が落ちたりとかは……」

「それもないな。木にとって人間は、溶岩に落とすより木とかにエネルギーを吸収させたほうが効率がいいんだ。だから……」

そう言って俺はわざと橋から足を踏み外し、溶岩の池の中に落下しようとする。

するとまた溶岩が噴き出し、俺を受け止めるような位置に小さな足場ができた。

俺はそこに立ち、新たに出来た足場と火山内部をつなぐような橋ができるのを見守る。

「ほら、助けてくれる。貴重な栄養源だからな」

「……ちなみに、出る時には？」

「出る時には助けてくれないが、1人でも外にいれば今みたいに山が道を作ってくれる。外に仲間がいればそいつに道を作ってもらえばいいし、いなければ誰か一人が飛行スキルで突破すればいい」

活火山は生きているが、そこまで知能は高くない。

どちらかというと、本能的に獲物を捕らえて生きる、巨大な捕食生物といったほうがいい。

魔物を集めるやり方を見る限り、魔物というよりも食虫植物に近いかもしれない。

そのため活火山は、外に人間が立っていれば、そいつが山に入りたがっていると勘違いして道を作ってしまうのだ。

飛行スキル持ちが全滅したような場合、外にいる人間に助けてもらうしかなくなるが……まあ、今回は火山の外にも3人ほど仲間を残していくため、心配いらないだろう。

「この橋を抜けたら、しばらくは嫌でも戦うことになる。その前に装備の最終確認をしよう。……もし何か問題がある奴がいたら、名乗り出てくれ」

そう言って俺も、自分の装備に問題がないことを確認する。

収納魔法にも予備は入っているが、戦闘中に不測の事態が起きると、対処に多くの魔力を食われるような可能性もあるからな。

活火山では魔力管理もかなり重要な要素になってくるので、できる対策はしておきたい。

「全員、装備に問題はなかったか？」

「「「はい！」」」

「よし、じゃあ行こう」

俺はそう言って、先ほど山が作ってくれた橋を渡る。
部隊のうち山に入ることが決まっている者も、その後をついてきた。
そして、橋を渡った直後——サチリスの表情が曇った。

『あの……サーチ・エネミーが……』

通信魔法を通して、サチリスが困惑する声が聞こえてきた。
無理もない。ここまで多くの敵に囲まれるのは、サチリスも初めてだろうからな。

『ああ。ものすごい反応の数だろ？　……マジック・サーチ』

そう言って俺も、探知魔法を発動する。

すると俺の周囲に、膨大な数の魔力反応が現れた。


そしてこの魔力反応は、すべて敵だ。

サチリスはこの魔力反応を『サーチ・エネミー』によって捉えたというわけだろう。

そう考えていると、近くに生えていた木の枝が急に動き、俺に迫ってきた。

俺は剣を抜き、クリティカルでその枝を斬り落とす。

『見ての通り……ここに生えてる木は敵だ。全てが火山の魔物の一部だと思っていい』

『まさか、これが全部攻撃してくるんですか……？』

『いや、木にも役割分担があって、攻撃用の木以外は殴ってこない。よく見ると、葉の形が少し違うだろ？　気をつける必要があるのはこのタイプの木と、いい匂いのする木だな。ほとんどは死んだ生物の栄養を吸収するための木だから、生きた人間には無害だ』

俺はそう言いながら、先ほど斬り落とした枝から葉を1枚むしる。
その葉は他の木に比べて随分と小さく、空気抵抗が小さそうな形をしていた。
空気抵抗が大きいと殴る時に都合が悪いため、こういった形になっているのだろう。

『……いい匂いがする木には、幻覚効果があるんでしたっけ』

『ああ。人間には効果の薄い毒だが、長時間大量に吸い込めば害が出る可能性がある。あまり近付かないように気をつけたほうがいい』

この毒は主に、魔物を引き寄せるためのものだ。
魔物の嗅覚(きゅうかく)は鋭いため、火山の外からでもその匂いに釣られ、自ら火山に入ろうとする。
そして木の毒で幻覚を見せられ、自分に何が起こったかすら理解できないまま殺されていくのだ。

活火山の中にも魔物らしい魔物はいるが、迷い込んだ魔物のほとんどは、この木々に殺されて死んでいくといわれている。

人間だって活火山についての知識がなければ、木々によって殺されてしまうだろう。

なにしろ、背後や頭上から枝のひと振りで気絶させられてしまえば、あとは死ぬまで袋叩き(ふくろだた)にされるだけなのだから。


『まあ、無害な木でも斬るんだけどな』


そう言って俺は、剣で手近な木に斬りつける。

相手が動かない的なので、クリティカルを出すのは簡単だ。

流石に幹を一刀両断とはいかないが、剣は幹の半分ほどまで食い込んだ。

俺は剣を木の幹から引き抜き、もう一度木に叩き付(つ)けながら指示を出す。

『とりあえず近接系の職業は全員、木を斬りながら進もう。木の倒れる方向に注意しつつ、魔力を消費しないスキルだけで切り倒してくれ』


『『『了解！』』』

そう言って仲間達は、なんの罪もない木を切り倒し始めた。

この木々も一応は魔物なのだが、別に経験値稼ぎが目当てというわけではない。

俺達がやっているのは、火山に対する挑発行為だ。


活火山は生きていて、迷い込んできた生物を消化するために木々を生やしている。

当然ながら、木は何のコストもなく生えてくるわけではない。

火山が木を生み出すには魔力や栄養が必要なので、それを片っ端から切り倒すというのは火山にとって許しがたい蛮行だ。


当然、火山はそれを止めようとしてくる。

『足元からの敵対反応、来ました！』


俺達が木々を切り倒し始めてから数十分が経った頃。

サチリスの通信魔法が、全軍に響いた。

まさにこれを狙って、俺達は木を切り倒していたのだ。

第九章

『来るぞ！　飲み込まれないように気をつけろ！』


そう言って俺は、後ろへと飛び退く。

直後――先ほどまで俺がいた場所に、溶岩の池が発生した。

そして池の中から、次々と魔物が飛び出してくる。

現れたのは猪や狼や鹿などといった、ごく普通の動物型の魔物達だ。

……1匹1匹の力でいえば、そこまで強いというわけではない。

メイギス伯爵領で見る通常の魔物の中では、恐らく最強クラスだが……エリアボスなどと比べれば、かなり弱い部類に入る。

これより強いエリアボスは領地でもよく出るので、敵が5匹やそこらなら俺がいなくても簡単に倒せるだろう。

しかし、魔物の数はそろそろ30匹を超えているというのに、まだ魔物は次々と湖から湧き出てくる。


戦闘において数は力だ。

10匹のうち1匹でも攻撃を届かせることができれば、人間は怪我をする。

怪我をすれば動きが鈍り、次の攻撃を防ぎにくくなる。

次第に傷はどんどん積み重なっていき、最後には人間の命を奪う。


こうやって数に押し潰されるというのは、冒険者が死ぬパターンの一つだ。

人間の軍であれば、勝ち目のない相手への突撃は躊躇するものだが……活火山の魔物達の場合、相手がどんな者であろうとも、自分の命さえ省みずに突っ込んでくるからな。

もはや生物というより、使い捨ての鉄砲玉に近い魔物達だ。


この『魔物を量産する溶岩池』が『活火山』の防衛反応の第一段階。

そして、聖域をつくるのに必要な準備でもある。


この火山が厄介なのは、敵の圧倒的な炎耐性だ。

超高温の溶岩に耐えられるだけあって、この森の魔物の全ては極めて強い高温耐性を持っている。

岩を溶かせるような出力の炎魔法など存在しないため、実質的に高熱は全く効かないといっていい（覚醒システムを使えばそれ以上の高温を作り出す手段もあるが、その力で他のタイプの魔法を使ったほうがはるかに効率がいい）。

攻撃魔法には多くの種類があるが、その中で最も強力な属性は間違いなく炎だ。

炎魔法は味方を巻き込んだり、山火事になったりする危険性がある代わりに、他の魔法よりはるかに高い威力と魔力効率を持っている。

俺が炎系の攻撃魔法ばかり使っているのも、これが理由だ。

特に『フレイム・サークル』は広い範囲と高い威力、控えめな魔力消費を併せ持った、対集団戦闘においては主力となる魔法だ。

『スチーム・エクスプロージョン』と違って自分や仲間を巻き込む心配があまりなく、連続発動も可能だというのも強みとして大きい。

この魔法が使えないというだけで、多数の魔物を相手するのは一気に面倒になる。

こういった炎系の魔物は水や氷に弱いというのが相場なのだが、この魔物達には大した弱点もない。
氷魔法が特に効くというわけではなく、普通の物理攻撃と大して変わらないダメージしか与えることはできない。
1匹1匹は普通に倒せる魔物だが、何百匹も出てくると厄介なのだ。

『燃やすタイプの炎魔法は効かない！ それ以外の魔法で攻撃してくれ！ 矢は半分まで使っていい！』

俺はそう指示を出しつつ、魔物が密集している場所を探す。
その中心に、俺は魔法を撃ち込んだ。

「アイス・ピラー」

弱点ではないが、他に使い勝手がいい魔法があるわけではないから仕方がない。
一応『スチーム・エクスプロージョン』の爆風で吹き飛ばせば魔物は倒せるが、音で間違いなく山頂の敵に気付かれるからな。

木を斬ったり魔物と戦ったりするくらいなら、場所選び次第で見つからないこともあるが……流石にあの魔法の轟音は隠しようがない。

そういう理由で、あの魔法を使うのは敵に気付かれた後にしたいのだ。

遅かれ早かれ、どうせ気付かれるのだ。

それまでにできるだけ、聖域づくりの準備を進めておきたい。

「パワー・スラッシュ！」

「ピアーシング・アロー！」

部隊の仲間達も次々にスキルを使い、魔物を倒していく。

炎系魔法が使えないので範囲攻撃でまとめて倒すのは難しいが、メイギス伯爵軍は元々、対魔物戦闘の訓練を積んでいる。

今回の遠征に選抜されたのは、そのメイギス伯爵軍の中でも一握りの精鋭達だ。

数が多いとは言っても、この程度の魔物だけが相手なら、そこまで苦労はしない。
対集団戦闘のテクニックを駆使しながら、俺達は次々に魔物を倒していく。
そんな戦闘の途中で――仲間の一人、精霊剣士のミハエルの声が響いた。

『ユリア、回避しろ！』

『はい！』

仲間の一人であるユリアがそう言って右に跳んだ次の瞬間、ユリアがいた場所に穴が開いた。
だが、その穴を開けたのが何であるかは、俺の目には見えなかった。
つまり、見えないほど速かったということだ。

「……気付かれたか」

何の前触れもなく、あんな攻撃ができる魔法は『エーテル・カノン』しかない。
敵の魔法使いが俺達の存在に気付き、攻撃を始めたのだ。

このタイミングで敵に気付かれることは、想定のうちだ。

俺達の姿は見えずとも、木が倒れる様子はそれなりに目立つものだし、山頂から気付かれても何の不思議もないだろう。

だから俺達は戦闘の途中で敵に気付かれることも予想していた。

そのため、木を斬りながら進む途中でも、視界を遮る程度の数の木は残しておいたのだ。

敵は恐らく、俺達のいる位置を完全に把握しているわけではないだろう。

だが大体の場所が分かれば、当てずっぽうで魔法を撃つことはできる。

10秒に1発の魔法を1時間打ち続ければ、３６０発だ。俺達は20人もいるのだから、何発かが仲間に当たる可能性は十分にある。

『エーテル・カノン』は一発でも当たれば回復の暇もなく人の命を奪うことができる魔法なので、受けるわけにはいかない。

誰に当たるかによっては、それこそ一撃で部隊崩壊だ。

そこで狙撃対策の役目を担うのが、精霊剣士のミハエルだ。

精霊剣士には『精霊の未来視』というスキルがある。

未来視というと、何でも未来が予知できそうな名前だが……この魔法が予知できる範囲は、極めて狭い。

というか基本的には、使い道がないといってもいいくらいだ。


スキル『精霊の未来視』は、発動した魔法や矢などの着弾点を予測する。

敵の魔法がどこに当たるか分かる……というとすごく便利なスキルに見えるかもしれないが、このスキルが効果を発揮するのは魔法が『発動してから』だ。


通常の戦闘では、攻撃魔法――例えば『ファイア・ボム』などがどこに飛ぶかなど、目で見ればすぐに分かる。

『スチーム・エクスプロージョン』や『デッドリー・ペイン』に至っては、着弾地点が見える頃にはもう魔法は効果を発揮し始めているくらいだ。


効果を発揮する頃には、すでに手遅れ。

ただ目で見たほうが速い。

魔力の無駄。

それが通常の戦闘における『精霊の未来視』の評価だ。

だが発動から着弾までに時間があり、かつ目で見ても避けられない場合に限って、この魔法は効果を発揮する。

つまり今の状況――目で追うには速すぎる弾が、着弾まで数秒かかる距離で飛んでくるような状況だ。

『エルドさん、回避を！』

『了解』

俺が後ろに跳んだ後で、俺のいた場所に『エーテル・カノン』が突き刺さった。

当てずっぽうで狙(ねら)っている割には、よく俺達がいる場所に当たっているな。

もしかしたら敵には、探知魔法持ちがいるのかもしれない。

そう考えつつ俺は、敵を倒す作業を再開する。

「アイス・ピラー。アイス・ピラー。アイス・ピラー」

敵が『エーテル・カノン』を撃ってから10秒間は、絶対に狙撃が飛んでこないボーナスタイムだ。

この時間のうちに魔物を倒して周囲の安全を確保することによって、『エーテル・カノン』のターゲットになった時に回避するスペースを用意しておく。

流石に敵からの攻撃が何もない状況に比べれば魔物討伐の効率は落ちるが、魔物1体あたりに使う魔力の量は特に増えていないので、純粋に討伐ペースの問題だ。

溶岩の池が魔物を生み出すペースは、次第に落ちてきていた。

だから、今のペースでも討伐が間に合う。

そんな中に、またミハエルの声が響いた。

『動かないでください！』

今度は、動くなという指示。

これは敵の魔法が、誰もいないところに……しかし、俺達の近くに着弾することを意味する。

下手に移動すると自分から当たりに行くことになるので、動かずに待つということだ。

……この指示が出たということは、敵は俺達の位置を正確に把握していない可能性が高いな。

最初の2発が俺達に直接当たるような軌道だったのは、偶然のようだ。

そう思わせるためにわざと外しているという可能性もなくはないが、それならもっと分かりやすく外すだろうしな。


『着弾を確認！　動いて大丈夫です！』

『了解』


こうして俺達は次々と湖から現れる魔物を倒していった。

時間とともに段々と魔物の出現ペースは落ち、『エーテル・カノン』に対処しながらでも現れた魔物を全て倒すことができるくらいだ。

もう、『目の前の敵を倒す』というよりは『倒す魔物が湧いてくるのを待っている』といったほうが正しい状況かもしれない。

山頂にいる敵にも、特に動きはない。

今までと同じように山頂に居座って『エーテル・カノン』を連発しているだけだ。

距離を詰められると『精霊の未来視』では回避が間に合わなくなるため、攻撃への対処という意味では厄介だったのだが……敵は山頂から動く気がないようだな。

『エーテル・カノン』は魔力消費も少ないため、俺達が移動しない間はとにかく連発して、1発でも当たれば儲けもの……といった感じだろう。

これだけの威力の魔法を、安全な場所から何百発も撃てるのは反則的ではあるが……覚醒システムを必要とするスキルは、反則的な性能を持っているのが普通だ。

むしろ『エーテル・カノン』は、覚醒系のスキルの中では特に強いほうではない。

向こうだけが一方的に攻撃できる状態がこれだけ長く続いていて、まだ俺達に一人の被害も出ていないのがその証拠だ。

安全な場所から魔法を連発するだけで勝てるほど、スキルを使った戦闘は甘くない。

……もしライジスに来たのが俺達ではなくゲイズ伯爵軍だったら、それこそ『エーテル・カノン』による狙撃だけで全滅していたかもしれないが……伯爵軍は対人戦専門の訓練はしていないものの、相手に覚醒した奴がいることを想定して今回のメンバーを選んだからな。

覚醒した魔法使い対策に向いた『精霊の未来視』を使える奴がいたのも、元々そういう相手がいる可能性を想定していたからだ。


まあ、敵が動かないことが俺達にとって幸運かというと、それは微妙なところなのだが。

敵の主力が山頂からいなくなるなら、その間に部隊から俺だけが離脱して山頂の聖域を奪い、そこで覚醒を終わらせてしまうという選択肢もあった。

そのほうが手っ取り早く勝負がついたのだが……両方のパターンに対応できる作戦を用意しているので、結局のところどちらでもよかったのだ。


『そろそろだな。陣形を変える準備をしておいてくれ』


魔物の出現ペースを見つつ、俺は部隊にそう告げた。

俺の指示を聞いて部隊の仲間達は位置取りを少し調整し、次の指示に備える。

それから数分後――溶岩の泉からの魔物の出現が、急にぱったりと止まった。

『全員、溶岩の池から離れろ！』

俺の言葉とともに、部隊の仲間達が一斉に溶岩の池から距離をとる。

直後——溶岩の池の中心から炎が噴き上がったかと思うと、炎は無数の魔物に姿を変えた。

これは活火山が、普通に魔物を出現させ続けても俺達を倒せないと認めた証だ。

火山は死んだ魔物も吸収できるため、生み出した魔物が俺達に倒されてもそこまで力の消耗は激しくない。


だが、それは時間をかけて作った魔物の話だ。

火山の自然な状態からかけ離れた現象を起こそうとするほど、力の消費は大きくなる。

だから俺達を誘い入れる時のように、元々ある溶岩を噴き出させるだけならほとんど力は消費しないし、それは火山の普通の姿と、あまり変わらないからな。


先ほどまで出現していた魔物は、元々火山にいたものを、火山が集めていただけだ。

だから出現のペースはそう速くなかったし、時間とともに現れるペースは落ちていった。

代わりに、火山がやるべきことは『魔物の移動』だけになるので、力の消費は最低限で済むというわけだ。

しかし今の魔物は、火山の力から直接生み出された。

だから多数の魔物を一瞬で生み出せたし、個々の力も先ほどまでに出てきた魔物よりはるかに強い。

火山にとっては、多大なエネルギーを消費する非常手段だ。

だが……多数の魔物が一箇所に、同じタイミングで出てくるのであれば、対処はしやすい。

何しろ、最適な魔法があるのだから。

「スチーム・エクスプロージョン」

轟音とともに、現れた魔物達を爆風が吹き飛ばした。

活火山の力から生み出された魔物は、確かに今までに出てきた魔物よりは強い。

エリアボスの中でも、かなり強い部類に入るだろう。

しかし『スチーム・エクスプロージョン』は、そういった魔物を一撃で倒してきた魔法だ。

たとえ敵が炎への耐性を持っていようとも、それがまき散らす暴力的な爆風までは防げない。

火山が多くの力を使って作った魔物は、その力を一切(いっさい)発揮しないまま全滅した。


「さて……次はどう来る？」


もし火山が人間のような知能を持っていれば、5秒だけ待ってデュアル・キャストを使えなくしてから、もう一度先ほどと同じように魔物を生み出しただろう。

スチーム・エクスプロージョンは連続発動ができない魔法だし、あれだけの物量を一挙に処理できるような魔法はそうそうない。


火山にとっても、負担は小さくない技だが……流石にこれだけ巨大な火山なのだから、魔物の群れを2回生み出す程度なら、致命的な消耗にはならない。

人間でいえば、魔力消費が大きめな魔法を2回使わされた……程度の話だろう。


だが活火山は本能で動く、一種の魔物だ。

敵の使える魔法を呼んで戦略を組み立てるような能力は持っていない。

頑張って作った魔物の群れが瞬殺されたら、他の手段で俺達を排除しにかかってくる。

しかし……活火山が持つ防衛手段は、もうほとんど残されていない。

火山といえば溶岩流や火山弾のイメージがあるが、ああいったものを攻撃に使えるレベルで展開するには、数ヶ月単位の時間が必要になってしまう。

すぐに発動できる、魔物召喚より強力な武器など……たった一つだけだ。


「やっぱり、そうきたか」


俺の目の前で、池から大量の溶岩が噴き上がる。

橋を作った時とは違い、溶岩は冷えて固まることなく、むしろ温度を上げながら徐々に形を変えていく。

そして形の変化が収まった時、そこには溶岩でできた巨人――溶岩のゴーレムとでもいうべきものがいた。


――この魔物の名前は『火山の化身』。

活火山が持つ最終兵器にして、火山の力自体の結晶体だ。

先ほどのまで召喚されていた魔物は使い捨ての防衛装置みたいなもので、倒されても火山は力を少し失うだけだ。

倒された魔物を木に吸収させることによって、失った力をある程度取り戻すこともできる。

だが、この『火山の化身』は違う。

『火山の化身』はその名の通り、この山の化身ともいえる魔物だ。

溶岩の塊が人の形を作って動き回るなど、不自然の極みだ。膨大な力がなければ、そんな状態は維持できない。

出現させることだけでも火山には多大な負担がかかるが、動かしたり攻撃をしたりする際にも大量の力を消費するため、ただ戦っているだけで火山は弱っていく。

『活火山』はあまりに巨大なので、無限に等しい力を持っているように見える。

だがイメージに反して、火山の力は有限だ。

弱りもすれば、力尽きもする魔物……それがこの世界の『活火山』だ。


普通の火山としての働きをしているだけなら、活火山は魔力を消費しない。

魔力など存在しない地球にだって、火山はあったのだ。

それと同じ働きをしているだけなら、魔力は全く必要ない。

だから実際のところ、魔力などほとんどなくても『普通の火山』としての規模は維持が可能だ。


だが、それ以外のことをするための魔力を集めるとなると、話が変わってくる。

火山が魔力を集める方法は、迷い込んだ人間や魔物を吸収することだけだ。

自然界にも魔力は存在するのだが、それらは純度が低すぎて、『活火山』という魔物が使うには向いていない。


つまり活火山は、魔物や人間から少しずつ集めた魔力を使って周囲に溶岩の池を張り巡らせたり、人を食おうとする木を生やしたりしているのだ。

そう考えると、『活火山』の力は見た目ほど巨大ではないことは分かるだろう。

もちろん、数百年単位で活動している『活火山』となれば、蓄積された力の量は膨大だが……決して無限などではない。

中でも『火山の化身』は、火山が持つ力のほとんどを使って構築する怪物だ。
これを倒されると、この火山自体の死にも直結するということだ。
まあ、完全に死なれてしまうと覚醒システムも使えなくなってしまうので、死んでほしくないところだが……手加減ができる相手でもないいんだよな。

「スキル取得——スキルコード1225、ブリザード・トルネード。スキル取得——スキルコード1290、マジック・アンチ・フレイム」

久しぶりの上位スキル取得だ。
この魔法は使い勝手があまりよくないので、今までは取っていなかったのだが……こいつは流石に、手持ちの魔法で倒せる魔物ではないからな。

「グオオオオオォォォォ！」

完全に形成が終わった『火山の化身』が、咆哮を上げた。

すると……やや黒っぽかった『火山の化身』の体が赤熱し、周囲の気温が急激に上昇していく。

俺はその様子を見ながら、炎対策の魔法を発動する。

「マジック・アンチ・フレイム」

壊天の雷龍と戦った時に使った『マジック・アンチ・エレクトリック』と同系統の、炎対策効果を持つ上位スキル。

炎への対策としては、最も強力な部類の魔法に入る。

だが……それでもまだ肌には熱さを感じる。

もし『マジック・アンチ・フレイム』を使っていなければ、

周囲に生えている木々から、炎が噴き上がった。

炎魔法でも溶岩でも燃えないような木々すら自然発火するほどの温度。

ただ立っているだけで、そんな熱をまき散らすのが『火山の化身』という魔物だ。

そして——これでさえ『火山の化身』の完全な姿ではない。

活火山一つ分のエネルギーが、たった一体の魔物に集中するのだから。

「アンチ・フレイム」

俺はさらに1つ、通常の炎耐性魔法を重ねがけする。
レイジング・エイプとの戦いで使った炎耐性魔法……これだけでも通常の山火事くらいなら耐えきれる魔法なのだが、この『火山の化身』が相手では重ねがけの補助程度にしかならない。

「グオアアアアァァァァァァァァァ！」

『火山の化身』が再度咆哮を上げると、溶岩の体は青白い炎を纏い始めた。
これが本当の最大出力……『火山の化身』の完全な姿だ。

『エルドさん、回避を！』

完全体と化した『火山の化身』と対峙する俺に、ミハエルの声が届いた。
俺の敵は、活火山だけではない。

周囲にあった木々が焼き尽くされ、視界を遮(さえぎ)るものがなくなったことによって、俺の姿は敵から丸見えになった。
『エーテル・カノン』は全(すべ)て、俺に向かって飛んでくる。

だが……俺は避けなかった。
避ける必要がないからだ。

『エルドさん、聞こえていますか⁉　回避を！』

動かない俺を見て、ミハエルが焦(あせ)りの声を上げる。
そして間もなく、エーテル・カノンが着弾——しなかった。

代わりに頭上から聞こえてきたのは『ジュッ』という音。
俺を狙(ねら)って放たれた魔法が、極端な高熱によって蒸発したのだ。

『大丈夫だ。今は届かない』

この『火山の化身』はエリアボスではなく、レイドボス級の魔物だ。

魔物としての格は『壊天の雷龍』と同等か……下手をすればそれよりも上になる。

なにしろレイドボスなら近付くことはできるが、こいつは近付かせてさえくれないのだ。


そして近付けないのは人間だけではなく、魔法も同じだった。

ほぼ純粋な魔力によって構成された、可燃物など一切含まれない『エーテル・カノン』ですら『火山の化身』の超高熱によって分解され、その形を失ってしまう。

こいつが纏う高熱は、それ自体が何よりも強力な盾でもあるのだ。


いま俺と『火山の化身』の間にある距離は、10メートルといったところだ。

近付きすぎれば耐性魔法の上からでも焼き殺されかねないし、逆に遠ざかれば魔法が当たらなくなる。


生成された直後のため、まだ目立った攻撃は仕掛けてきていないが……これは強さの証でもある。

普通の魔物の場合、無防備に敵の攻撃を食らえば当然死ぬので、たとえ生まれた直後であろうとも動き、戦う必要がある。

敵の目の前で動かずにいるのは、どんな攻撃を受けても問題がない者の特権なのだ。

完全体になった『火山の化身』は見た目通り膨大なエネルギーを消費するため、力の消耗が激しいという面もある。

それでも『活火山』がこの姿を使うのは、『火山の化身』には短時間でも十分なだけの破壊力があるからだ。


敵が高熱から身を守る手段を持っていなければ、近付いただけで死ぬ。

多少の高熱対策を持っていたとしても、通常の山火事程度を想定した対策であれば、大して役に立つことなく死ぬ。

ただそこにいるだけで、敵も武器も、攻撃魔法すら蒸発させる。

それが『火山の化身』なのだ。


「オオオオオォォォォ……」


『火山の化身』が溶岩の湖を離れ、俺のほうへと近付いてきた。

周囲の温度がさらに上がり、重ねがけした炎耐性魔法の上からでも熱を感じる。

森だったはずの戦場は、ところどころに灰の残る荒野へと変わっていた。

もし炎耐性魔法を切れば、俺だって1秒ともたず消し炭になることだろう。


そして……これ以上距離が詰まると、今の炎耐性魔法でも耐えきれなくなる。

だが俺が使える炎耐性系の魔法は、すでに全て使い切っている。

あるのは、攻撃魔法だけだ。


「ブリザード・トルネード」


俺が唱えたのは、吹雪の竜巻を作り出す魔法だ。

先ほどまでに出てきたような動物型の魔物とは違い、むき出しの炎の塊である『火山の化身』は、氷属性が弱点となる。


超高温の体を維持する熱量は、火山の力だ。

それが冷やされるとなれば、たとえ普通の魔物であれば大したダメージにもならないような『ただの氷』でも、火山の力を大きく奪うことになる。

さらに……ここまでの高温の物体ともなると、熱収縮も無視できない。

熱したガラスを水に放り込むと、ガラスが割れるという話があるが……あれは早く冷える表面と温度を維持する内部で熱収縮に偏りができて、内部から崩壊するのだ。

同じく高温の物体である『火山の化身』にも、同じことが起こりうる。

身に纏う超高温は、一歩間違えば自滅に繋がる諸刃の剣でもあるのだ。


「……まあ、届けばの話だけどな」


とっくに『ブリザード・トルネード』は発動しているはずだが、氷の竜巻は現れなかった。

その代わりに、周囲の温度が下がっていく。

氷の竜巻は、発動と同時に蒸発させられているのだ。


……『ブリザード・トルネード』は再発動に1分の時間を必要とする、魔法の格としては『スチーム・エクスプロージョン』や『サンド・ストーム』と同格の魔法だ。

その魔法ですら、この圧倒的な熱量の中ではちょっとした冷却剤程度にしかならない。

だが、その冷却剤が必要だ。

『全員、水か氷系の魔法を撃ち込め！　何でもいい！』

『『『はい！』』』

「アイス・スプラッシュ！」

「フリーズ・レイン！」

俺の指示とともに、次々と氷や水の魔法が発動する。

発動した魔法の全ては俺のところに届く前に蒸発し、代わりに周囲の温度を少しだけ下げた。

その間に俺は、補助魔法を発動していく。

「アタック・フィールド。バーサーク・フィールド。エンハンス・フィールド。アイス・エンチャント。アイス・フィールド。アイス・オーバーエンチャント……」

俺が次々と発動しているのは、氷属性の魔法を強化するスキル達だ。

氷魔法を強化する魔法はほとんどが上位スキルだが、属性強化系のスキルは使いどころが多いため、主要な属性は一通り揃えている。
これらの補助を今まで使わなかったのは、強力な補助魔法には当然、デメリットがあるからだ。
今の補助魔法の組み合わせだと、俺は魔法を唱えるたびに多大な反動を受け、膨大な量の魔力を消費することになる。

『強化魔法を！』

『了解！』

指示とともに、部隊の仲間達からも強化魔法が降り注ぐ。
こちらの強化魔法は目立ったデメリットのないものばかりだが、その代わりに持続時間が短く、連続発動ができないものが多い。

だが今回の戦いでは、持続時間の問題はあまり関係がない。
今の状態で魔法を連発すれば、補助魔法が切れるより先に俺が魔力切れになるか、反動で死ぬほうが早いからだ。

魔法の組み合わせとしては『壊天の雷龍』を倒した時に似ているが、今は『超遅延詠唱』と『至近射撃』を使っていない。

使わないというよりは、使えないのだが。

魔法の発動が極端に遅くなる『超遅延詠唱』を使えば、魔法が発動する前に殺される。

至近射撃に至っては、攻撃の射程が3メートルほどに縮まる……つまり敵が射程に入るよりも先に、俺が焼け死ぬ。

とはいえ、強化魔法全てを合わせた威力倍率でいえば、壊天の雷龍の時と大体同じ……といったところだろう。

あの時は一人だったが、今回は味方の強化魔法がある。

この魔物は『壊天の雷龍』に比べて防御寄りの性質が強い魔物なので、この状態から氷魔法を連発しても、敵を倒すには魔力が足りないのだが……先ほどまでと違って、勝負になる程度の威力は出せる。

俺は慎重に敵との間合いを測り、攻撃のタイミングを窺(うかが)う。

その途中で、通信魔法から声が聞こえた。

『ユリア、回避を』

『了解です！』

どうやら山頂の敵は、狙いを俺から周囲の仲間達に変えたようだ。

完全に俺の姿が見えている状態で、避けもせずに攻撃を防がれたのを見て、俺に対する狙撃（そげき）は無意味だと思ったのだろう。

どうやら、狙い通りに引っかかってくれたみたいだな。

あの時は敵の狙撃に対して、その場に留（とど）まっている必要はなかった。

むしろ何らかの理由で『火山の化身』の熱量が足りずに攻撃が届く可能性を考えると、数歩歩いて避ける程度はしたほうがよかったはずだ。

それでも俺があえて『エーテル・カノン』を避けなかったのは、狙撃が無意味だという認識を植え付けるためだ。

敵の位置からでは、魔法が高温によって破壊される音など聞こえなかっただろうし、魔法が敵のまき散らす熱だけで破壊されたなどとは思わないだろう。

となると俺の周囲には何らかの防御結界などがあって、それによって『エーテル・カノン』が防がれたと考えるのが自然だ。

だから敵は、俺ではなく周囲の仲間達を狙い始めた。

……だが、俺に対して攻撃が当たらないというのは、あくまで一時的な状態の話だ。

これから俺が『火山の化身』に攻撃を仕掛ければ、その熱量は急激に落ちて『エーテル・カノン』も届くようになる。

余裕のある戦闘に1発や2発の横槍(よこやり)が飛んできても避ければいいだけだが、大量の補助魔法を使った状態で強敵と戦っている最中に横槍が入れば、それが致命的な影響となる可能性は低くない。

『エーテル・カノン』が効かなかったところを見せて攻撃のターゲットを分散させることによって、その危険を防いだというわけだ。

こうして横槍もそれたところで、こちらの戦闘にも動きがあった。

周囲の気温がわずかに落ち、代わりに『火山の化身』の口が白い光を放ち始める。


「よりによって、いきなりそれかよ……」


——この攻撃の名前は『焦土顕現の咆哮』。

火山が蓄えた力を熱量へと変換し、周囲に放つ。

こう言葉にしてみると単純な攻撃に見えるが……実はこれこそ『火山の化身』が持つ数々の攻撃手段の中でも、最凶の一撃だ。

『火山の化身』は熱量を使う攻撃をいくつも持っているが、この『焦土顕現の咆哮』だけは格が違う。

なにしろこの一撃は、活火山が持つ魔力の半分近くを消費するのだ。

人間と違い、『活火山』にとって魔力はただ魔法やスキルを使うためのものではない。

『活火山』の本体は、ほとんど魔力でできているようなものだ。

それを半分使うということは、人間でいえば体の半分を犠牲にしてたった一撃の攻撃を放つというものだ。

『火山の化身』にとっても最終奥義といえる『焦土顕現の咆哮』。

それに対する防御の方法は――用意していない。

用意したところで、耐えきれるような魔法ではない。

どれだけ防御魔法や耐性魔法を重ねても、その防御ごと焼き尽くされる。

飛行魔法などによって距離を取ったとしても、何の意味もない。

たった数キロの距離など、山一つに数百年も蓄積された力の前では、ないのと同じだ。

もしもっと早く……例えば『火山の化身』が現れるのと同時にダッシュで逃げていたとしても、逃げ切れないことに変わりはない。

それどころか、山頂にいる敵でさえも巻き込まれるだろう。

だから、もしこのまま『焦土顕現の咆哮』が発動すれば、ライジス活火山の奪還という目的は達成される。

余波で近隣の街がいくつか滅ぶかもしれないが、周辺の帝国軍もまとめて焼き払われるので、その焼け跡をゲイズ伯爵達が奪い返せばいいだけだ。俺達が死んだ後で。

『焦土顕現の咆哮』を撃たれれば、俺達は確実に死ぬ。

となれば対処法はただ一つ。撃たせないことだ。


俺は、ここで死ぬつもりなどない。

むしろ勝つために、この攻撃を待っていたのだ。

最初から敵が『焦土顕現の咆哮』を放ってくれたことは、幸運だったとすらいえる。


「アイス・ピラー」


俺は敵が『焦土顕現の咆哮』を発動しようとしたタイミングを見計らって、その顎に氷魔法を撃ち込んだ。

魔法自体は普通の攻撃魔法だが、その実態は膨大な魔力と強化魔法を注ぎ込んだ力技だ。

止めようとしている攻撃の規模に比べればはるかに小さい魔法だが、その力の発射台である『火山の化身』にダメージを与えるには十分な威力でもある。

『焦土顕現の咆哮』を放つために、『火山の化身』はその力を体内に集めた。

その分だけ、外部に放出される熱量は落ちている。

放たれた氷の柱が、高熱によって溶かされながらも形を保ち——今度こそ『火山の化身』の体に届いた。


「グオオオオォォォォォォ！」


溶岩でできた巨人が、苦悶(くもん)の叫びを上げる。

氷の柱が当たった顎は、急激な冷却に耐えきれずに崩壊していた。


膨大なエネルギーを放出する必要がある『焦土顕現の咆哮』は、壊れた体では放てない。

敵は魔力を使い、損傷を修復し始める。


溶岩と魔力で出来た魔物なので、体の修復自体はそう難しくない。

遠くないうちに『火山の化身』は完全な状態を取り戻し、『焦土顕現の咆哮』を放つだろう。

だが……その修復までの時間が、致命的な隙(すき)となる。

身に纏う熱量は体の修復に回す魔力のために削られており、その体は『焦土顕現の咆哮』の発動のために最適化された状態で硬直化する。
無防備となった敵を前に、俺は魔法を発動する。

「至近射撃。超遅延詠唱」

魔法が届く距離を極端に下げる代わりに威力を強化する魔法『至近射撃』。
魔法発動にかかる時間を延ばす代わりに威力を強化する魔法『超遅延詠唱』。
2つの強化魔法を発動し、俺は敵に近付く。
唱えるのは先ほどと同じ魔法、『アイス・ピラー』……ではない。
今俺が持つ氷属性魔法で、最も高い威力を持つ魔法。つまり——。

「ブリザード・トルネード」

魔法を唱えると、俺の体から大量の魔力が放出され、『超遅延詠唱』の効果によってゆっくりと竜巻を形成し始めた。

俺はその様子を見ながら、敵から離れる。

もし巻き込まれれば、俺も凍死してしまうからな。

敵は竜巻が作り上がる中で体の再生に成功し、『焦土顕現の咆哮』を再発動する。

だが、俺の魔法が発動するほうが一瞬早かった。


「グオ……ォォォォオオオオ！」


膨大な強化を施された氷の竜巻が、敵を飲み込んだ。

敵の体表に当たった氷は溶け、蒸発していくが――次第にそれも追いつかなくなり、体表には氷がまとわりつき始める。


体は熱収縮に耐えきれずに砕け、その断面もまた氷の嵐に襲われて砕け散る。

『火山の化身』は氷の竜巻の中で、そんな崩壊を繰り返した。

そして、氷の竜巻が収まった時――『火山の化身』がいた場所には、冷えた岩の残骸が転がっているだけだった。

「……マジック・サーチ」

俺は魔力探知魔法を使い、この場に残った魔力反応を探る。
もし『火山の化身』が死んでいれば、あの岩の残骸には何の魔力反応もないはずだ。
だが……岩の中には一つだけ、弱々しい魔力反応が残っていた。

「やっぱり、生きてたか」

俺はそう言って、地面に落ちていた岩のうち一つを抱え上げる。
それは周囲の岩と違い、ほのかな温かみを持っている。

これは『火山の化身』であり……力のほぼ全てを失った活火山に残された魔力の全て、いわば本体でもある。
力のほとんどを奪われて死にかけてはいるが、魔力さえ補給できれば元の姿に戻るだろう。
逆にこの岩が破壊されれば、この火山は完全な死火山となり、二度と元には戻らない。

「逃げるな。氷魔法を追加で撃ち込まれたくなければな」

捕まったのを察知したのか、活火山の本体（今となっては、ただの温かい岩だが）が動くような素振りを見せた。

俺はそんな岩に、氷の塊を突きつけた。


こいつがまだ生きているのは、別に討ちもらしたわけではない。

やってもらわなければならないことがあるから、生かしておいただけのことだ。


「周囲に『聖域』を展開しろ。死にたくなければな」


俺の言葉に、岩は何の反応も示さない。

どうやら人間の言葉は理解できないようだ。


このような状態まで痛めつけた『活火山』を脅し、聖域を展開させる儀式もあるのだが……

アレを丸々実行するのは、少々面倒だ。

俺の魔力も1割ほどしか残っていないし、部隊の仲間達には今も『エーテル・カノン』の狙撃が降り注いでいるのだ。

手っ取り早く『活火山』に俺の意図を理解させて、強制的に聖域を展開したいところだが……。

「……これを見れば分かるか？」

俺は収納魔法から『天啓の石』を取り出し、岩の前に差し出した。

すると……『活火山』に反応があった。

『活火山』の本体である岩が僅(わず)かに光り、その光が周囲へと広がっていく。

この発光は、聖域が展開される時に起こるものだ。

『サーチ・エネミーの反応が、ほとんど消滅しました。これは一体……』

どうやらサチリスの『サーチ・エネミー』も、森の中の魔物や木々が俺への敵意を失ったことを察知したらしい。

火山による降伏宣言だ。

もし活火山が人と同じ言葉を喋(しゃべ)れるなら『降伏するから、命だけは助けてください！』とでも言うことだろう。

それを確認して俺は、部隊に呼びかける。

『聖域の確保に成功した。移動するぞ！』

『『了解！』』

俺達は短く会話を交わし、火山の中を移動し始めた。

先ほどまでは、移動するだけで近くの木々から攻撃されたものだが……今は俺達が近くを通ったところで、木々は微動だにしない。

それどころか……近くを通る魔物さえ、俺達の姿を見ると背を向けて逃げていく。

これが『聖域』の効果。

俺が抱えているこれは、ただの岩のような姿だが……こんな姿になっても、山の主ではあるのだ。

しばらく移動したところで、ミハエルの声が響く。

『狙撃の着弾地点、大きく逸れました！　敵は我々を見失ったと思われます！』

『分かった。……じゃあ、そろそろやるか』

俺はそう言って、ここまで運んできた『活火山』の本体を地面に下ろす。

火山の『聖域』を確保した目的……覚醒を果たす時が来たのだ。

「賢者エルド、天啓の石を捧げ、覚醒を求める」

覚醒の儀式には本来、長々とした詠唱がある。

だが実際のところ、本当に必要なのはこの短い部分と、必要な数の『天啓の石』だけだ。

賢者の場合、『天啓の石』の必要数は2つ。

俺は死にかけの『活火山』に供えるように、２つの『天啓の石』を置く。

すると――『天啓の石』が砕け、中から炎が噴き出した。
炎は俺の体に吸い込まれていくが、熱さは感じない。

これで覚醒は完了だ。

「覚醒は成功した。事前の作戦通りに、全員で火山から撤退してくれ」

俺は部隊に向けて、そう告げる。
覚醒に成功したら部隊を引き揚げて、あとは俺が一人で戦う。
これも元々の予定通りだ。

そもそも敵に『エーテル・カノン』を使える奴(やつ)がいる時点で、仲間達を近付かせる選択肢はない。
スキルによる回避が可能なのは、今もそれなりの距離があるからの話であって、近距離なら発動とほぼ同時に着弾する魔法を回避することなど、まず不可能になるからな。
俺以外に覚醒できる者がいれば『エーテル・カノン』に対抗できる手段もあるのだが……残念ながら『天啓の石』はもう残っていないので、戦うのは俺一人だ。

「敵の切り札が狙撃魔法だけなら、森に隠れて通信魔法くらいは繋げると思います。私は残りますか？」

「敵は長距離の探知魔法を持っていないのは分かったが、『マジック・サーチ』のような魔法を持っている可能性は否定できない。……ちなみに、敵の数は何人だ？」

「サーチ・エネミーの反応は、山頂に3つです」

……先ほどと変わらない数だな。

敵のうち1人が『エーテル・カノン』を使う覚醒魔法使いであることは分かっているが、残りの2人は素性が分からない。

下手をすれば3人のうち全員が覚醒していて、覚醒スキル持ち3人に囲まれて戦う可能性もあるというわけだ。

「3対1か……」

覚醒には様々な効果があるが、いずれも『エーテル・カノン』と同等……いや、対人戦の結果を左右するという意味では、それより強力なものも山ほどある。

今から行く戦場には、それが3人いる可能性があるわけだ。

つまり……。

「俺一人で十分だな」

結論としては、こういうことになる。

覚醒スキルの特性は、職業によって大きく異なる。

例えば魔法使いの『エーテル・カノン』は単純な攻撃に特化したタイプで、通常スキルとは比べ物にならない性能の狙撃を可能にする。

他にも戦士系なら『スチーム・エクスプロージョン』にさえ耐える防御を展開したり、全ての補助魔法や防御魔法を無効化する力を剣に込めたりなど……知らなければ一撃で勝負が決まってしまうような能力だらけだ。

覚醒した者同士の戦いでも相性(あいしょう)はあるので、一概に『どの職業が強い』と言うのは難しい。

あまり戦術について考えず、適当に使った場合の強さでいえば、それこそ職業の相性と運の戦いにしかならないだろう。

この世界で使われている戦術のレベルでは、恐らく職業による格差はさほど大きくない。

だが膨大な回数の対人戦によって効率的な戦闘法が確立され、職業の弱点などが明らかになったBBOでは違う。

ほとんどの職業に負けてしまう可哀想な職業もいれば、他の全ての職業を圧倒する化け物じみた性能を発揮する職業もある。

その、他の全ての職業を圧倒する職業こそ――賢者だ。


賢者の覚醒スキルは、使い方によって性能が極端に変化する。

初心者に持たせるなら『エーテル・カノン』のほうがよほど役に立つだろうが、使い方を熟知した者が使えば、覚醒した賢者は文字通り無敵だ。

実力と経験を兼ね備えた覚醒賢者に勝てるのは、それこそ同じ覚醒賢者だけだろう。


たとえ3対1でも、それは変わらない。

魔力の残りは1割しかないが、それでも十分だ。

今回も場合によっては、敵にも賢者がいる可能性はある。

その場合は、純粋な腕比べという形になるわけだが……それこそ望むところだ。

『覚醒賢者同士の対人戦』において、俺は全ＢＢＯプレイヤーの中でもトップに位置するプレイヤーだったのだから。


「覚醒発動……エーテル・ハック」


俺は覚醒スキルを発動し、山頂へと歩き出した。

さんざん『スチーム・エクスプロージョン』によって勝負を決めてきた後で言うのもなんだが、スキルを使った戦闘は『ただ強い攻撃スキルを使えば勝てる』といった単純なものではない。

その事実を、思い知らせてやろう。

あとがき

はじめましての人ははじめまして。6巻や他シリーズからの人はこんにちは。進行諸島（しんこうしょとう）です。

今回も後書き短めのため、早速シリーズ紹介からです。


本作品は、『異世界』に『転生』した主人公が、VRMMOで得た知識と経験で暴れ回るシリーズとなっております。


7巻でも（もちろん6巻まででも、そしてこれからも）、シリーズの軸はまったくブレません。

主人公無双です。


それはもう圧倒的に、無双して暴れ回ります！

戦闘でも生産でも戦略でも、ところ構わずその経験と知識を発揮します！

徹頭徹尾（てっとうてつび）、主人公無双です！

すでに化け物と言っていい力を持っている主人公のエルドですが、この6巻ではさらなる強敵が現れます。

珍しいスキルを使う敵に、エルドも珍しく苦戦を……するわけありませんね。もちろん無双します！

どう無双するのかは、ぜひ本編でお確かめ頂ければと思います！

……というわけで、謝辞(しゃじ)に入りたいと思います。


書き下ろしや改稿などについて、的確なアドバイスをくださった担当編集の方々。

素晴らしい挿絵を描いてくださった、柴乃櫂人(しばのかいと)さん。

漫画版を書いてくださっている、三十三十(さとうみと)さん。

それ以外の立場から、この本に関わってくださっている全ての方々。

そして、この本を手に取ってくださっている、読者の皆様。

この本を出すことができるのは、皆様のおかげです。ありがとうございます。

次巻も、さらに面白いものをお送りすべく鋭意製作中ですので、楽しみにお待ちください！

最後に宣伝を。

来月は本作『異世界賢者の転生無双』の漫画版3巻が発売となります。また、私の他シリーズ『暗殺スキルで異世界最強』の漫画版1巻と、『転生賢者の異世界ライフ』漫画版11巻も発売されます。

いずれも主人公最強ものなので、興味を持っていただけた方は、是非よろしくお願いします。

それでは、また次巻で皆様とお会い出来ることを祈って。

進行諸島

異世界賢者の転生無双7
～ゲームの知識で異世界最強～

2021年1月31日　初版第一刷発行
2021年2月 1日　第二刷発行

著者　進行諸島

発行人　小川 淳

発行所　SBクリエイティブ株式会社
〒106-0032　東京都港区六本木2-4-5
03-5549-1201　03-5549-1167（編集）

装丁　AFTERGLOW

印刷・製本　中央精版印刷株式会社

定価はカバーに表示してあります。

ISBN978-4-8156-0891-0
Printed in Japan

ファンレター、作品のご感想をお待ちしております。

〒106-0032　東京都港区六本木 2-4-5
SBクリエイティブ株式会社
GA文庫編集部 気付

「進行諸島先生」係
「柴乃櫂人先生」係

本書に関するご意見・ご感想は
下のQRコードよりお寄せください。
※アクセスの際に発生する通信費等はご負担ください。

異世界賢者の転生無双
[〜ゲームの知識で異世界最強〜]
最新③巻、
2月5日(金)発売!!
コミックス
第①〜②巻
大好評発売中!!
(スクウェア・エニックス刊)
B6判/各定価:本体600円+税
異世界賢者の転生無双
[〜ゲームの知識で異世界最強〜]
2
原作 進行諸島
作画 三十三十
キャラクター原案 柴乃櫂人

コミカライズ版
〝賢者〟シリーズ
第3弾をハイスペックに
コミカライズ!!
マンガUP! &ガンガンGAにて
大好評連載中!!
原作 進行諸島
(GAノベル/SBクリエイティブ刊)
作画 三十三十
キャラクター原案 柴乃櫂人
イラスト:三十三十
©Shinkoshoto / SB Creative Corp.
Original Character Designs : ©Kaito Shibano / SB Creative Corp.

大ヒットファンタジーを
進行諸島先生×
風花風花先生の
最強のさらにその先を目指す、
戦う魔法使いの物語！
殲滅魔導の
最強賢者
無才の賢者、魔導を極め最強へ至る
原作：進行諸島（GAノベル／SBクリエイティブ刊）
キャラクター原案：風花風花
漫画：月澪＆彭傑（Friendly Land）

コミカライズ！
マンガUP！にて
大好評連載中！
最強を目指す、
戦う魔法使いの物語！
失格紋の最強賢者
～世界最強の賢者が更に強くなるために転生しました～
原作：進行諸島（GAノベル／SBクリエイティブ刊）
キャラクター原案：風花風花
漫画：肝匠＆馮昊（Friendly Land）